地球星人

村田沙耶香

suncolor
三采文化

這個故事才是我真正想寫的

我一直想要用外星人的目光來看世界。

這是我自幼以來的夢想。從小我就不擅長扮演「人類」這種奇妙的生物，因此才會想要借助故事的力量，再一次重新邂逅並認識人類這種生物也說不定。

作品完成後，我發現這部小說反映了我這樣的願望。這部小說是在出版社的餐廳、咖啡廳和家庭餐廳寫作的。我喜歡在感受著人類氣息的環境中寫作。

一直以來，我都生活在日語的環境中。《便利店人間》翻譯成包括台灣在內的世界各地語言，讓我興起了想要聽聽日語之外的聲音、看看日文之外的文字的念頭。

繼《便利店人間》之後，這本奇妙的小說《地球星人》會被翻譯成什麼樣的聲音與文字，變成書本，送到各位的手中？光是想像，我就感到幸福極了。

希望不久後的將來，我能前往台灣的書店，呼吸著那裡的空氣，摸摸自己的作品。期盼有一天能盡情地徜徉在台灣的聲音環繞之中。

村田沙耶香

相約在覺醒的那一天
——掰了，地球星人！

暢銷作家 東燁

不知怎地，當故事來到純然的波哈嗶賓波波比亞星球人生活的那一段時，我的腦門就炸開了，秋級深山的老朽房子，在我的想像中，竟與千年前的竹林七賢的畫面產生重疊，那份「自在」（對地球星人而言，這兩個字讀音是「ㄈㄤˋ ㄉㄤˋ」）多麼令人欣羨！但我們都知道，這塊土地畢竟是以「地球」為名，換句話說，也就是在找到不存在的太空船之前，誰也無法真正逃脫。於是，一切波哈嗶賓波波比亞星球人的行為，在這世上便顯得離經叛道，甚至罪大滔天、悖逆倫常……

這是一個殘酷又可怕的故事，它切劃開了人們深信不疑、恪守服膺的「規律」，讓我們去問自己：倘若這巨構宏偉的世界，以及世界中包羅萬象的倫常或規矩、意義或價值，都是一種準繩的話，那麼，不按著這準繩而活，又會怎麼樣？

相較於浪漫的竹林七賢，那是中國式的唯美版本解答，《地球星人》則是來自於村田沙耶香的日式寫實殘酷版。二者的差別，是竹林七賢活在魏晉之際，那裡沒有「外太空」世界可供靈魂遁逃的出口，當生命遭受沉重巨錘所擊打時，他們或死或降，或只能在儒與道的思維中，尋找一絲喘息的空間；但堅信自己來自於外星的孩子們，則終於在拋脫地球人的枷鎖後，經歷了一段貨真價實的「波哈嗶賓波波比亞星球生活」，在那段日子裡，奈月恢復了味覺、智臣獲得了救贖，由宇也不再徬徨於生命的茫然……無論最終的結局為何，他們都獲得覺醒後的片刻幸福——無論這份「幸福」是否牴觸地球星人的法律與道德標準。

當小說完結之際，我忍不住有些懷疑，會不會其實我們都是被馴化的波哈嗶賓波波比亞星球人？我們這輩子汲汲營營著工作或繁衍後代，究竟都是為了些什麼？倘若這世界就是一座工廠，那當我們踰越了「廠規」之後，又會有什麼下場？會跟小說人物的遭遇一樣？還是我們能更加幸運，找到一個杳無人蹤的世外桃源，去過屬於自己的桃花源，在那兒不知有漢、無論魏晉，享受著再不是「工廠所屬的工具」的真正自由？但這世上還有這樣的地方嗎？

於是我猜想，所謂的「覺醒」，或許也正意謂著絕對的悲哀吧？當你終於決定掙脫所有世俗的桎梏，卻發現地球上再沒一個角落可供遁逃，那不是無比的悲哀，不然又是什麼？因此我猜自己這輩子都不會有勇氣，去

地球星人

對著世界高呼，說我就是波哈嗶賓波波比亞星球人，但我更想時時提醒自己，或許這一生，任性如我也難以逃脫「工廠」的掌控，但起碼別忘了，只有在追尋真正的自我時，我們才是真正的活著——儘管沒人可以掰了這世界，儘管工廠之外，依然只有工廠。

1

祖父母住的秋級的大山裡，即使在大白天，仍殘留著夜晚的碎片。

車子在坡道上左彎右拐，車窗外搖曳的樹木枝繁葉茂，蓬勃的綠葉裹滿了樹梢，幾乎要炸開來，我就注視著這些葉子的內側。那裡停佇著漆黑的黑暗。那種和外太空一樣的黑，總是讓我想要伸手去觸摸。

一旁，母親正撫摸著姊姊的背。

「貴世，妳還好嗎？姊姊很容易在山路上暈車呢。長野的山路特別險嘛。」

父親默默地握著方向盤。他似乎正從後照鏡裡觀察姊姊的狀況，緩慢地過彎，努力減少車身搖晃。

我自從升上小學五年級以後，就可以照顧自己了。要避免暈車，最好的方法就是注視窗外的外太空碎片。自從二年級發現這件事以後，我就再也沒有在長野這段險峻的山路上暈車了。大我兩歲的姊姊和我不一樣，還沒有長大，沒有母親為她拍背，就沒辦法撐過這段路。

車子逐漸爬上九彎十八拐的坡道，耳朵一陣鳴響，我感到自己正不斷地往天空靠近。祖母家離太空很近。

抱在懷裡的背包裡，裝著折紙做的魔法棒和變身粉盒。背包最上面坐著送給我這些魔法道具的搭檔比特。比特被邪惡組織下了魔咒，不能說話，但他默默地守護著我，讓我不會暈車。

我沒有告訴家人，但其實我是個魔法少女。上小學那一年，我在站前的超市遇到了比特。比特陳列在布偶賣場的角落，感覺就快被下架報廢了，我用我的壓歲錢把他買了下來。我把比特帶回家，他便給了我變身道具，說希望我成為魔法少女。來自波哈嗶賓波波比亞星的比特得知地球即將面臨危機，接下這個星球的魔法警察任務，來到地球。從此以後，我就以魔法少女的身分守護著地球。

唯一知道這個祕密的人，就只有我的表兄弟由宇。好想快點見到由宇。自從去年的御盆❶以後，我就再也沒有聽到由宇的聲音了。我們每年只有御盆的時候才能見面。

我穿著我最喜歡的星星圖案藍T恤，是為了今天，特別用壓歲錢買的。吊牌一直沒有剪，寶貝地收藏在衣櫃裡，今天才第一次穿上身。

「前面有大彎喔。」

父親小聲說。前面是這條路最大的彎道。車中感受到車子急轉彎時的離心力。

「嗚！」

姊姊摀住嘴巴，低下頭去。

「開窗透個氣吧。」

母親說，父親立時反應，眼前的車窗打開了。濕暖的風黏稠地撫過臉頰，樹葉的氣味灌進車內。

「還好嗎？沒事吧？」

母親欲泣的聲音在車中迴響。父親默默地關掉冷氣。

「下一個彎道就是最後了。」

父親這話讓我忍不住抓緊T恤胸口處，隱約感覺得到胸罩下去年還沒有的隆起。

我和四年級的時候不一樣了嗎？同齡的由宇看到我，會有什麼想法？

❶御盆：即盂蘭盆節，原本為舊曆七月十五日，現在多訂為新曆八月十五日，日本人會在這段期間放長假，返鄉祭祖。

就快到祖母家了。我的戀人就在那裡等著我。我朝著風探出上身，感受著逐漸灼熱起來的皮膚。

表兄弟由宇是我的戀人。

我不知道這樣的情愫是何時萌發的。在成為男女朋友前，我就成天想著由宇。每當夏季到來，我們便相親相愛地一起度過御盆假期。御盆結束，由宇回去山形、我回去千葉以後，由宇在我心中的分量依然沒有淡去，反而變得愈來愈重，當我開始魂牽夢縈時，夏季又再次到來了。

我們是在小學三年級的時候正式成為一對的。叔叔們用石頭堵住田地前面的小河，將水儲存至及膝的深度，孩子們都換上泳衣，在那裡玩水。

「哇！」

河水沖得我一個重心不穩，一屁股跌坐在水中。

「小心，奈月！河流中央的流速特別快。」

由宇扶起我，表情嚴肅地說。這件事我在學校也學過，但不知道連小河也是如此。

「我不要玩水了，我要去那裡玩。」

我爬上階梯，離開小河，抓起鄭重其事地擺在河岸石頭上的小肩包，趿上海灘拖鞋。

我走上小河旁的階梯，穿著泳衣直接往祖母家走。小肩包被曬得熱呼呼的，就好像吸收陽光的熱量而活。我正踩著拖鞋經過稻田旁邊，聽到由宇追上來的腳步聲。

「奈月，等等我！」

「你很煩欸！」

這時我莫名地心情煩躁，把氣出在由宇身上。跑向我的由宇突然把手伸向草叢，拔起小草，張嘴丟進口中，我見狀嚇了一大跳。

「由宇，不可以吃那種東西！會壞肚子的！」

「不會的，這叫酸葉，聽說是可以吃的草。輝良舅舅說的。」

由宇把草遞給我，我提心吊膽地放進口中。

「哇，好酸！」

「很酸，可是很好吃。」

「你在哪裡找到的？」

「這邊到處都是。」

我們在屋後的斜坡走來走去，蒐集酸葉，坐在一起吃。

身上的泳衣濕濕的，很不舒服，但酸葉很好吃。我心情好轉後說：

「沒想到你居然知道這麼棒的事，那我也告訴你一個祕密。」

「什麼祕密？」

「其實啊，我是魔法少女喔。我會用粉盒變身，用魔法棒使出魔法。」

「什麼魔法？」

「很多！最帥的是打倒敵人的魔法。」

「敵人？」

「就是，一般人或許看不見，可是這個世界潛伏著許多敵人，像是邪惡的魔女或怪物。我都會打倒那些敵人，保護地球。」

我從掛在泳衣上的小肩包拿出比特給由宇看。比特的外表是一個純白的刺蝟布偶，但其實他是波哈嗶賓波波比亞星的魔法警察組織派來的使者。比特給了我魔法棒和變身粉盒，讓我成為魔法少女。我這麼說明，由宇神情肅穆地說：

「奈月，妳真是太厲害了……！因為有妳保護地球，我們才能過著和平的生活呢。」

「對呀。」

「……欸，那個波哈嗶……什麼星，是個怎樣的地方？」

「我也不清楚。因為比特說他有『保密義務』。」

「這樣啊……」

比起魔法，由宇竟然對外星球更感興趣，讓我覺得匪夷所思，盯著他的臉看：

「怎麼了嗎？」

「沒事。……那，我也只告訴奈月一個人喔。其實，我可能是外星人。」

「咦！」

我大吃一驚，但由宇一本正經地說下去：

「美津子常說：你是外星人，被太空船丟在秋級的深山裡，是我把你撿回來的。」

「原來是這樣啊……」

美津子是由宇的母親，我父親的妹妹，也是我的姑姑。我想起漂亮的姑姑。姑姑和由宇很像，內向文靜，感覺不是會撒謊或開玩笑的人。

「然後啊，我的抽屜裡面有我不記得什麼時候撿回來的石頭。雖然是石頭，可是黑漆漆的，平坦光滑，是從來沒有看過的形狀。所以我猜那可能是我故鄉的石頭。」

「太厲害了，那我們就是魔法少女和外星人了。」

「不，可是我沒有妳那樣確實的證據……」

「一定就是的！由宇的故鄉，是不是就是波哈嗶賓波波比亞星？如果是的話就太棒了！那你就是從和比特一樣的星星來的！」

我興奮地上身往前傾。

「……這樣嗎？如果真的是這樣，我希望可以回去。」

由宇這話讓我驚訝到差點放開了緊握在手中的粉盒。

「咦？回去……？」

「每次御盆放假過來這裡，我都會偷偷去找太空船，可是都找不到。妳可以拜託比特，叫母星的人來接我嗎？」

「不要，比特做不到這種事。」

我幾乎快哭出來了。我不敢相信由宇居然會離開。

「由宇，總有一天你會離開嗎？」

「應該。我想美津子也覺得這樣比較好。因為我是她撿回來的外星人，不是她真正的小孩。」

我哭了出來，由宇慌了，拚命撫摸我的背：「奈月，別哭。」

「我喜歡由宇，我不要由宇離開！」

「可是，我想總有一天會有人來接我的。我一直在等待那一刻。」

聽到由宇這話，我哭得更慘了。

「對不起，我不該說這些的，奈月，在地球的時候，我會為妳做任何事。待在奶奶家的時候，我覺得特別自在，應該是因為離故鄉很近的關係，但也是因為這裡有妳。」

「……那，在你回去自己的母星以前就好了，可以當我的男朋友嗎？」

聽到我的要求，由宇乾脆地點點頭：

「嗯，好。」

「真的嗎？真的可以嗎？」

「嗯，因為我也喜歡奈月。」

我和由宇勾小指約定。

1不可以告訴任何人我是魔法少女。

2不可以告訴任何人由宇是外星人。

3即使暑假結束，也不可以喜歡上別人。御盆期間一定要到長野來相會。

我們正在勾小指，就聽到了腳步聲。我急忙把比特和粉盒藏進小肩包裡。是輝良叔叔來了。

「原來你們在這裡，還以為被河水沖走了呢。」

輝良叔叔個性開朗，都會陪小孩子玩。

「對不起。」

我和由宇一起道歉，輝良叔叔笑著摸摸我們的頭。

「啊，是酸葉啊。你們喜歡嗎？酸酸的，可是滿好吃的對吧？」

「嗯！」

「懂得品嚐酸葉的滋味，奈月果然也是山上的孩子！好了，回家吧，奶奶切了桃子，在叫你們呢。」

「好！」

我們結伴回家去。

指頭上還殘留著和由宇勾小指的觸感。我掩飾著火燙的臉頰，快步往玄關走去。由宇好像也一樣，頭垂得低低的，腳步匆忙。

從這個時候開始，我和由宇就成了一對。在由宇回去故鄉的母星以前，我這個魔法少女，都是外星人的戀人。

祖母家的玄關很大。每次看到這個和我房間差不多大的空間，總是覺得很困惑。

「打擾了！」

母親代替默不作聲的父親扯開嗓子喊。屋裡有種混合了桃子和葡萄般的水果香，除此之外，還隱約摻雜了動物的氣味。聽說隔壁家有養牛，但距離相當遠，所以或許屋中的動物氣味是我們人類自己的味道。

「哎呀，你們來了。一定很熱吧？」

紙門打開，應該是姑姑或嬸嬸的婦人靠了過來。這名上了年紀的婦人，感覺有印象又好像沒印象。由於一年只來一次，我不太認得這些大人。

「貴世、奈月，妳們長大了！」

「哎呀，還帶伴手禮，幹麼這麼客氣。」

「奈津子說她扭到腰，今年不回來了。」

有點面熟的中年婦人們熱絡地聊了起來，母親向她們一一打招呼。感覺會很久，我悄悄嘆了口氣。姑姑嬸嬸和母親都做出下跪般的姿勢彼此行禮。父親只是呆站在玄關。

中年男子扶著祖父母從起居間出來了。祖母向母親欠身說：「啊，大老遠的，辛苦了。」祖父瞇眼看著我：「美佐子啊，長大啦。」嬸嬸拍拍祖父的背說：「哎唷，爸，這是奈月啦。」

「喔，這麼晚才到啊，遇到塞車是嗎？」

輝良叔叔快活地對父親說。輝良叔叔經常陪我們小孩子玩，所以我認得他。

「喂，你們幾個，過來跟貴世堂姊和奈月堂姊打招呼。」

叔叔催道，三個男孩慢吞吞地走了過來。這三個都是輝良叔叔的兒子，我的堂弟，成天調皮搗蛋，每年都挨大人的罵。最大的陽太小我兩歲，現在應該讀三年級。

堂弟們看著我和姊姊的態度，就好像有些提高警覺的動物。那三張臉我都有印象，卻又與記憶中的不同。我知道他們都是我的堂弟，但臉上的五官不是比之前更擴散，就是鼻子更高了一些，體型也不一樣了。

我從來沒有忘記過我的戀人由宇，但其他許許多多的平輩親戚和他們的小孩，每次相會都讓我有些不知所措。每年暑假，我都會和這些平輩親戚一同度過，變得宛如死黨般親密，然而一年不見，到了隔年夏天，又生疏起來了。大人們多嘴地說「是看到兩個人都變漂亮了，害羞了啦」，害陽太他們更不敢靠近，尷尬極了。

我主動說「你們好」，他們有些靦腆地回應：「堂姊好。」
「由宇也來了。他看起來很無聊，一直問奈月還沒來嗎？」
輝良叔叔這句話，讓我揹著背包的背部抖動了一下。我佯裝平靜，輕描淡寫地說：
「咦，這樣嗎？他在哪裡？」
「剛才還在那邊寫作業，怎麼不見了？」
「會不會在閣樓？那孩子不是喜歡待在那裡嗎？」
開口的高個子女人，是年紀大我很多的表姊早紀。懷裡抱著嬰兒的早紀，是父親的大姊理津子姑姑的長女。姑姑有三個女兒，三個都已經結婚了。
這個嬰兒我是第一次見到。冒出一個去年不存在的嬰兒，讓我覺得很奇妙。有個小女孩抱著早紀的腳，她應該是去年還是嬰兒的美和。
連年紀相近的孩子我都記不住了，平輩親戚的小孩和嬰兒們，我更是幾乎不認得，只好每年重新認識。我模仿母親，一看到新角色登場，就鞠躬寒暄。
「咦？美津子呢？」
「在廚房。」
「由宇跑去哪裡了？他一早就在問奈月來了沒，是等累了，跑去睡覺了嗎？」

理津子姑姑說，輝良叔叔笑道：

「由宇每年都跟奈月黏得緊緊的嘛。」

我覺得這段對話每年都要上演一次，但現在我們是一對了，聽了格外令人害羞。我不發一語地低著頭。

「真的，他們兩個在一起，就像一對雙胞胎。」

其他姑姑嬸嬸也說。每個人都說我和姊姊還有父母一點都不像，卻不知為何和由宇生得一個模樣。

「好了，別一直站在玄關說話，貴世和奈月也進來吧，你們一定累了吧？」

一個胖大嬸拍手說。我納悶之前有這個人嗎？

「是啊。」父親點頭應和。

「行李拿去二樓吧，睡後面的房間可以吧？前面的房間給山形來的了，福岡來的睡在後面，不過只有一個晚上，睡同一間沒關係吧？」

「沒關係、沒關係。謝謝。」

父親應道，脫下鞋子。我急忙跟著脫鞋。

在祖母家，大家都以居住的地名互稱。這也是讓我記不住這些中年男女的主因之一。

我總是在心裡埋怨：明明就有名字，幹麼不叫名字呢？

「貴世，奈月，先去拜祖先。」

父親說，我和姊姊點點頭，前往擺設佛壇的房間。我和由宇都叫這裡「佛壇房間」。「佛壇房間」在起居間和廚房之間。祖母家只有浴室前面有走廊，一樓的六個房間，起居間和兩間和室還有廚房，全部都以紙門相連。「佛壇房間」有六張榻榻米大，和千葉新城的我的房間一樣大。陽太說這裡是「妖怪房間」，嚇唬兩個弟弟，但待在這個房間，我就會感到莫名的心安。也許是因為覺得祖先在照看著我。

我和姊姊跟著父母一起在佛壇上香。我家沒有佛壇，也從來沒有在朋友家看過。除了這裡以外，就只有去寺院的時候才會聞到香的味道。我喜歡這個味道。

「貴、貴世，妳還好嗎？」

姊姊上完香，忽然低頭蹲了下去。

「咦，貴世怎麼啦？」

「好像有點暈車。」

「哎呀。」

「那條山路不習慣的話，小孩都會暈車呢。」

姑姑嬸嬸們笑道。這群掩口笑得全身顫動的中年婦人當中，應該也有一兩個是堂表姊。光是父親這邊，我就有十幾個堂表兄弟姊妹，我不認得他們每一個人的臉。即使裡面多混進一個外星人，或許也不會有人發現。

「貴世，妳還好吧？」

母親為姊姊拍背，看到她突然摀住嘴巴，慌了手腳。

「哎呀，吐一吐比較舒服。」

姑姑嬸嬸說，母親扶起姊姊，點頭說著「不好意思」，往廁所走去了。

「那條山路有那麼容易暈嗎？」

「用走的就不會暈了嘛，真虛弱。」

姊姊被母親緊摟著肩膀，回頭朝這裡瞥了一眼，我見狀對父親說：

「爸也去陪姊姊吧。」

我有比特陪著我，但姊姊沒有。我認為父親和母親應該陪在可憐的姊姊身邊。

父親本來說「不用了吧」，但聽見依稀傳來的姊姊的啜泣聲，匆匆趕過去了。

父親和母親去了姊姊那裡，我稍微鬆了一口氣。

我記得很清楚，當我在學校圖書館借的書中看到「天倫之樂」這個詞的時候，莫名地感到貼切極了。看到父母和姊姊在一起，我總是會想起這個詞。沒有我的他們三個人，看起來就像是和樂的一家人。所以我希望他們偶爾可以不受外人打擾地享受天倫之樂。

身為魔法少女的我，從比特那裡學到了「消失」的魔法。不是真的消失不見，而是屏聲斂息，讓自己隱身起來。只要使用「消失魔法」，他們三個就成了一家三口，和樂融融。有時候我會為了家人使用這種魔法。

母親常說，「奈月就喜歡去奶奶家。姊姊比起山上，更喜歡海邊，跟媽媽一樣。」母親不喜歡祖母，看到我為了要去秋級而興高采烈，似乎很不是滋味。姊姊都和母親膩在一起，在新城的家裡總是說秋級的祖母家壞話，所以母親覺得比起我來，姊姊才是好孩子。

我一個人提著行李走向樓梯。一想到由宇在二樓，就緊張起來。

「奈月，妳一個人行嗎？」

「我可以。」

我點點頭，揹著背包走上二樓。

祖母家的樓梯和千葉的家不一樣，幾乎就像垂直的工作梯。上樓的時候，必須手腳並用爬上去。每年爬上這座樓梯，我都覺得自己好像變成了貓。

「要小心喔！」

不知道是姑姑嬸嬸還是堂表姊的中年女人聲音在背後叮嚀，我頭也不回地應道：

「好！」

爬上二樓，榻榻米和灰塵的氣味撲鼻而來。我走到後面的房間，放下行李。

輝良叔叔告訴過我，這裡以前是養蠶的房間。房裡放了許多竹籠，裡面有許多蠶。蠶總是從這個房間開始成長，漸漸地蔓延到整個二樓，結繭的時候，整個家中布滿了蠶繭。

我在學校圖書館看過圖鑑，蠶的成蟲是又大又白的蛾，比我看過的任何一種蝴蝶都要美。叔叔說會從蠶繭抽出蠶絲，但我一直沒有問要怎麼抽絲、抽絲之後蠶又怎麼了。那些純白的翅膀滿屋子飛舞的景象，肯定就像幻想中的美景。因為感覺就好像童話故事一樣，我非常喜歡這個最先放置蠶寶寶的房間。

打開紙門，走出「蠶房」，前方傳來細微的地板嘰呀聲。

有人在那裡！

我走近大家稱為閣樓的那個房間。雖然叫做閣樓，但並不是在二樓上方，而是打開後方的大紙門後，裡面的漆黑空間。這裡放了一大堆父親他們兄弟姊妹小時候的玩具，還有不知道是誰蒐集的書本，小孩子們總是跑來這裡尋寶。

「由宇？」

我對著黑暗出聲。閣樓裡面因為腳會踩得黑黑的，大人總是交代要穿陽台的拖鞋進去，但我等不及了，只脫了襪子，便直接踏入黑暗當中。

「由宇？你在這裡嗎？」

我朝亮著小燈泡的方向走去。明明是白天，房裡卻一片黑暗，只有那一丁點光源。一道「卡沙」一聲響，我差點尖叫，結果傳來細微的人聲：

「誰？」

「由宇！是我，奈月！」

我對著聲音傳來的地方喊道，黑暗深處矇矓地冒出了一個小白影。

「奈月。好久不見。」

由宇就站在小燈泡的微光中。

我趕忙跑到由宇身邊。

「由宇！我好想你！」

「噓！」

由宇連忙掩住我的嘴巴。他是外星人，所以不太會成長嗎？眼前的由宇看起來一點都沒變，和去年一模一樣。

「萬一被阿姨還是陽太他們聽見就糟了。」

「說的也是，我們兩個的戀情是祕密。」

聽到我的話，由宇露出有些靦腆的困窘表情。

即使在黑暗中我也看得出來，那雙淡褐色的眼睛和纖細的頸脖就是由宇。

「終於見到你了……！」

「一年不見了呢，奈月。我也好想妳。輝良舅舅說今天妳們要來，所以我起了個大早等妳們。可是後來舅舅說妳們遇到塞車會晚到……」

「所以你一個人在這種地方玩？」

「嗯。我很無聊。」

感覺由宇的身體不僅沒有成長，甚至還縮水了。陽太變得比去年更魁偉，但由宇不管是脖子還是手腕，似乎都比去年更細了。或許是因為我長大了的關係，但他看起來好瘦弱，讓人擔心。

我抓住由宇的白T恤衣角。擦過皮膚的手指隱約感覺到他的體溫。由宇的體溫很低，不知道是不是因為他是外星人的緣故。他冰涼的手握住我灼熱的手。

「由宇，你今年會待到送火❷嗎？」

我拚命握住由宇冰冷的手問，由宇點點頭：

「嗯，今年美津子請到比較長的假，說整個御盆都可以留在這裡。」

「太好了！」

由宇都直接叫姑姑的名字。他說是美津子姑姑要他這麼叫的。美津子姑姑是父親最小的妹妹，三年前離婚以後，就把由宇當成情人一樣依賴。由宇說每天睡前他都必須親吻美津子姑姑的臉頰，所以我和他約定：「真正的吻要留給我喔！」

「妳呢？」

「我也可以在這裡留到御盆結束！」

「那，我們也可以一起放煙火了。輝良舅舅買了很豪華的高空煙火喔，說要送火那天大家一起放。」

「哇，真開心！我想玩仙女棒！」

看到開心的我，由宇淡淡地笑了。

❷ 送火：送月是盂蘭盆節的最後一天，將祖先的靈魂送回另一個世界時，在門前焚火的活動。

「今年要去找太空船嗎？」我問。

「嗯，有時間的話。」

「可是，你不會一找到立刻就回去吧？」

由宇點點頭：

「我保證不會。就算找到太空船，我也不會瞞著妳就這樣回去。」

我鬆了一口氣。

由宇說，如果他找到自己的太空船，就要回去故鄉。我好幾次央求他帶我一起去，他卻堅持總有一天會回來接我。由宇雖然個性溫和，意志卻很堅定。

我覺得由宇很快就會離開。我也好想變成外星人，非常羨慕有故鄉可以回去的他。

「陽太說晚點要瞞著大人，偷偷打開水井看看。」

「咦？那個封死的水井嗎？我也想看！」

「嗯，我們一起去吧。輝良舅舅說晚上要帶我們去看螢火蟲。」

「太棒了！」

由宇生性認真，只要看到不可思議的東西，就會想要追根究柢。輝良叔叔很喜歡對小孩講述這個家和村子的歷史，因此特別喜歡找由宇說話。

姑姑嬸嬸們在樓下叫人：「由宇、奈月！下來喔，西瓜冰好囉！」

「走吧。」

由宇和我手牽著手，離開閣樓。

「等一下我們再一起慢慢玩，奈月。」

「嗯！」

我點點頭，感覺臉頰羞紅了。今年也順利見到戀人，我開心極了。

父親有六個兄弟姊妹，每到御盆期間，一大票親戚就會回到老家，熱鬧滾滾。起居間容納不下，因此會把後面的上和室與下和室之間的紙門拆掉，通成一大間，將長桌擺在那裡吃飯。

屋子裡有不少蟲子，但眾人不以為意。在千葉的家，光是家裡出現小果蠅，母親和姊姊就會大驚小怪，但是在祖母家，她們就不太會為此吵鬧。即使男生卯起勁來用蒼蠅拍打蟲，屋子裡依然無時無刻都有蒼蠅、蚱蜢或是從來沒看過的昆蟲四處遊蕩。

年紀夠大的女生全都去廚房幫忙準備晚飯。姊姊也乖乖地削著馬鈴薯皮。我負責盛飯，從並排的兩個電鍋裡不斷地將白飯盛進碗裡。麻里表姊的小孩、才讀小一的亞美把碗放到托盤上端過去。表姊幫她扶著托盤，往和室走去。

「第一波白飯來囉！讓一下！」

麻里表姊打開紙門，經過佛壇前面，和亞美走向叔叔們在等的桌子。

「喂，少在那裡發呆，快點盛飯！」

正在顧鍋子的母親回過頭來罵我。

「好啦，別生氣。奈月也愈來愈能幹了。」

祖母轉向這裡說，手上正切著我討厭的「藻羹」。藻羹是一種用海藻凝固做成的點心，就像腥臭的羊羹。

「哪裡，那孩子真的一點用都沒有，做什麼都笨手笨腳，旁邊的人看得都比她還累，受不了。比起她來，百合更要能幹多了，已經讀國中了嘛。」

我早就習慣被母親罵沒用了。事實上我就是個廢物，連盛個飯都沒辦法盛得渾圓，而是壓得扁扁的。

「搞什麼，盛得這麼難看！夠了，叫百合來盛吧。這孩子真的是笨頭笨腦。」

母親嘆氣，姑姑奉承說：「沒這回事啦，盛得很棒啊！」

我拚命努力盛飯，免得被說是廢物。「那個紅碗是妳輝良叔叔的，要多盛一點！」姑姑說，我盡力把飯壓進碗裡。

「天色暗下來了。差不多該去接祖先了。」

「今天是迎火❸嘛。」

我聽見姑姑們這樣說，連忙拿起下一個碗，心想必須快點盛完才行。

「喂！差不多要去接祖先囉！」

輝良叔叔在玄關喊道。

「喏，叔叔在叫了，奈月，別忙了，快去吧。」

「好！」

我把飯勺交給姑姑站起來。

外頭傳來蟲鳴聲。夜幕已經完全降臨，廚房窗外染上了太空的色彩。

孩子們和輝良叔叔一起去河邊生迎火。由宇提著沒有點火的燈籠，我則拿著手電筒。

❸迎火：盂蘭盆節開始時，為了迎接祖先的靈魂而點燃的火。

秋級的山一片黑暗，河川異於白天，漆黑得就好像會把人給吞噬進去。將稻草束放在河邊點火後，所有人的臉都被橘色的火光照亮了。我們照著叔叔說的，對著火焰唱和：

「祖先、祖先，請到火這裡來！」

「祖先、祖先，請到火這裡來！」

眾人齊聲大喊。黑暗中，河流潺潺聲顯得格外清晰。

我盯著稻草上燃燒的火，這時叔叔說：

「好了，祖先應該來了。陽太，把火傳到燈籠去。」

聽到叔叔說祖先來了，亞美發出怪叫聲：「吼哇！」「小聲點，要不然祖先會嚇到喔。」叔叔勸戒，我嚥了口唾沫。

火苗從稻草慎重地轉移到燈籠去。點燃後的燈籠由陽太提著。他搖搖晃晃地行走，聽從叔叔「不可以讓火熄掉」的吩咐，小心翼翼地將燈籠提回家。

「叔叔，祖先在那火裡面嗎？」

我問輝良叔叔，叔叔點點頭：

「對啊，祖先看到火，就會跟上來。」

陽太提著燈籠從簷廊走上和室，姑姑嬸嬸們過來迎接他。

「小心點。」

「別讓火熄囉。」

陽太在眾人鼓勵下，走進和室深處。

他輕手輕腳來到御盆的祭壇旁邊，叔叔用那火點燃蠟燭。御盆祭壇上放著插上免洗筷當四肢的茄子和小黃瓜。這是白天亞美和百合做的，說要給祖先騎的❹。

「這樣就行了。祖先就在火這邊喔。奈月，如果蠟燭變短了就要點新的，不可以讓火熄掉。如果火熄了，祖先就會找不到我們家了。」

「好！」

看看桌子那裡，父親他們已經坐下來開始喝酒了。分成男人和女人兩邊，男人喝酒，女人忙碌地做料理端上桌。

我和姊姊坐在「小孩桌」。桌上擺著大盤子，盛著山菜和燉菜。

「我想吃漢堡！」

---

❹ 此種盂蘭盆節的祭品稱為「精靈馬」，是利用瓜果、牙籤和竹筷做成動物造型，做為祖靈的騎乘工具。

陽太大喊，被父親輝良叔叔敲了一下頭：「沒有那種東西！」

桌上有醬煮蚱蜢，一隻蚱蜢從旁邊跑過去。

「陽太，抓住牠！」

陽太靈巧地用雙手抓住蚱蜢，想要放生。

「笨蛋，不要開紗窗，蟲子會跑進來。」

「那，我拿去給蜘蛛吃。」

我說著站起來，從陽太手中接過活蚱蜢，走去廚房，輕輕地把牠黏在蜘蛛網上。

「真是一頓大餐。」

由宇跟上來說。

「這麼大隻，蜘蛛會吃嗎？」

蜘蛛看似被突然黏在網上的巨大獵物搞得不知所措。

我們回到餐桌，吃起盤子上的醬煮蚱蜢。想到蜘蛛現在或許也正在享用蚱蜢，感覺很古怪，但醬煮蚱蜢酥脆甘甜，我夾起第二隻放進嘴裡。

夜深之後，整幢屋子被蟲鳴聲所包圍。雖然有些孩子會打鼾，但外面的生物比人類吵鬧多了。只要有一點燈光，蟲子便會密密麻麻地爬滿紗窗，因此屋內保持一片漆黑。平常在家都開小夜燈入睡的我有些害怕，緊緊地抓住被子。

由宇就在紙門另一頭。想到這件事，我便安心了許多。

人類以外的生命蜂擁而至，兵臨窗外。比起人類，其他生物的氣息更為旺盛的夜晚十分奇妙，雖然有點可怕，卻也覺得自己野性的細胞在蠢蠢欲動。

隔天早上，姊姊的歇斯底里發作了。

「我要回家！！我討厭這裡！！我要回去千葉！！」

姊姊哭鬧不休。

姊姊體毛茂密，有個同齡的姊姊佳苗說，我姊在國中的綽號叫「克羅馬儂人」。我在小學也被人說過：「原來妳是克羅馬儂人的妹妹喔？」

姊姊似乎無法融入學校，很多時候早上都到了我要去上學的時間了，姊姊還關在房裡不出來。她經常就這樣請假不去上學，每次母親都要安撫姊姊。

所以姊姊應該很喜歡放暑假才對，但陽太問嬸嬸「為什麼貴世堂姊長鬍子」，被其他小孩聽到，吃早飯的時候大家都跑來看姊姊的鬍子，觸怒了姊姊。

「看，都怪你捉弄女生！跟貴世堂姊道歉！」

嬸嬸責罵，陽太哭著道歉，但姊姊哭個不停。

「真傷腦筋。喏，貴世不是有時候會哭到抽筋嗎？」

姑姑嬸嬸們為難地討論著。

後來姊姊一直緊抓著母親不放。

姊姊只要壓力超過極限就會嘔吐。

「我不舒服」、「我要回家」，姊姊不斷地哭訴，到了晚上，母親終於投降了。

「不行了。她好像開始發燒了，我們回家吧。」

「既然不舒服，那也沒辦法。」

父親驚慌失措地點頭同意。

陽太都快哭了，不停地說「貴世堂姊對不起」，但姊姊的身體狀況沒有好轉。

「就是這樣寵她才會這麼虛弱。」

孝宏叔叔說，輝良叔叔也安撫說：

「不用這麼急著決定，這邊空氣比較好，休息一下就會好了。對吧，貴世？」

但姊姊完全不肯退讓，母親整個人累壞了。

「明天早上就回家。」

聽到母親的宣告，我只能點頭。

隔天早上六點，我和由宇約好在土倉庫前會合。

「要去哪裡？」

「墳墓。」我說。

由宇嚇了一跳，說：「去墳墓做什麼？」

「由宇，我今天就得回家了，求求你，跟我結婚吧！」

我突然提出要求，由宇不知所措地反問：「結婚？」

「因為我們又要等到明年才能見面了。如果你跟我結婚，我就可以忍耐。求求你。」

看到我拚命的樣子，由宇似乎下定決心，點了點頭：

「好，奈月，我們結婚吧！」

我們偷偷離家，前往田地深處的墓地。

抵達墓地以後，我把比特拿出來，放在供品旁邊。

「比特要當我們的牧師。」

「這樣不會遭天譴嗎？」

「我們是相愛的兩個人要結婚，祖先不可能會生氣的。」

我替不能說話的比特揚聲說道：

「我們在祖先的靈前發誓，我們要結為夫妻。笹本由宇，你發誓你會愛著笹本奈月，無論她健康或生病、快樂或悲傷，都與她廝守終生嗎？」

我小聲對由宇說：「由宇，說你發誓。」

「是的，我發誓。」

「好的。那麼，笹本奈月，妳發誓妳會愛著笹本由宇，無論他健康或生病、快樂或悲傷，都與他廝守終生嗎？……是的，我發誓。」

我從小肩包取出兩只用鐵絲做成的戒指。

「由宇，幫我戴上。」

「嗯。」

由宇冰涼的手將戒指套到我的無名指上。

「那，換你把手伸出來。」

我小心翼翼地將戒指套上去，免得弄傷由宇白皙的手指。

「這樣我們就結婚了。」我說。

「好棒，那我們已經是夫妻了。」

「對，我們不是男女朋友，已經是夫妻了。所以即使分隔兩地，也是一家人。」

聽到我的話，由宇有點靦腆地說：

「美津子喜怒無常，一生氣就會說『我要把你趕出家裡』，所以有了新的家人，我好開心。」

「我們來重新約法三章吧，就像變成男女朋友的時候那樣。既然成了夫妻，就要有新的約定。」

「嗯。」

我從小肩包取出便條本，用粉紅色的筆寫下約定。

「一，不可以跟別的女生牽手。」

「跳土風舞的時候呢？」

「土風舞沒關係。不可以跟女生單獨兩個人手牽手。」

「好。」

由宇正經八百地點點頭。

「二，睡覺的時候要戴上戒指。」

「戴這個戒指？」

「嗯。跟你說喔，昨天晚上我向這對戒指施了魔法，所以即使我們分隔兩地，入睡以後還是可以手牽著手。入夜以後，要看著戒指，想起對方。這樣就可以安心入睡了。」

「好。」

「還有什麼呢？由宇，你有什麼想要約定的事嗎？我們夫妻之間的約定。」

由宇想了一下，拿起粉紅色的筆，用端正的小字寫下：

3無論如何都要活下去。

「什麼意思？」

「這樣我和妳才能在下一個暑假順利相會。不管發生任何事、即使必須不擇手段，都一定要活下去，在明年夏天健健康康地再會，我想要這樣約定。」

「好。」

我點點頭。

寫下誓約的紙張交給由宇保管。因為有時候姊姊和母親會任意把我的東西丟掉，放在由宇那裡比較安全。

「那，絕對不可以毀約喔！明年夏天一定要再相會！」

「嗯。」

我們把戒指藏在口袋裡，急忙回去祖母家。玄關已經可以聞到味噌湯的香味了。

「咦，由宇、奈月，你們已經起來啦？」

祖母睜圓了眼睛說。

「嗯，我們去找暑假作業要用的花。」

我說出預先想好的藉口，祖母讚許不已：「真乖！」

「啊，對了，差點忘了。」

祖母說著，匆匆走到起居間，從皮包裡取出用面紙包起來的錢❺。

「沒有多少，拿去買喜歡的玩具吧。」

❺日本人用面紙包錢的習慣，是因為認為直接給錢不禮貌，便以面紙代替懷紙（日本和紙），表示敬重。現在多半只有老一輩的人還保有這樣的習慣。

「謝謝奶奶！」

「喏，這是由宇的。」

御盆期間，大人會用小信封或面紙包錢給小孩子。金額必須向母親報告，但拿到的錢是屬於我們自己的。

為了有朝一日可以去山形找由宇，我正在存錢。我把收到的錢珍惜地放進小肩包裡。

「咦，妳已經起來了。剛好，吃完早飯馬上就要出發了，快點去收一收。」

母親走下樓梯說。

「妳姊還在不舒服。得快點回家，找家連假期間也有開的診所才行。」

「好。」

母親向祖母行禮：「媽，真對不起，本來想要待到御盆結束的。」

「沒關係啦，貴世身體不好嘛。」

我看向由宇。難道就不能在這裡待到送火結束嗎？以前父親說過，上山的公車一天有一班。

「媽，我可以再待幾天，然後坐公車回家嗎？」

我提心吊膽地說，母親一臉疲憊地看我：

「別說蠢話了，快點去收東西！妳也知道妳姊只要歇斯底里起來，就不會善罷甘休吧。」

「可是，爸說一天有一班公車……」

「妳夠了沒！不要連妳都在那裡給我惹麻煩！」

母親吼道。

「……對不起。」

不要再繼續打擾「一家人」比較好吧。我已經嫁出去了。我已經離開這個家，父親、母親和姊姊成了貨真價實的一家三口了。

一想到我們成了夫妻，我頓時勇氣百倍。我瞄了由宇一眼，由宇也看著我微微點頭。

明年一定能順利見面。我竭盡全力用魔法祈禱著。屋中各處的地板開始發出吱呀聲，早晨正式開始了。從簷廊看出去的蔚藍天空，已經沒有半點殘留的外太空色彩了。

車子裡充滿了熱氣和橡膠融化般的氣味。

「開個窗換氣吧。」

母親摩挲著姊姊的背說。

我坐在副駕駛座，注視著窗外。窗外的景色漸漸變得平坦，高樓愈來愈多。

父親自始至終都默默無語。母親拚命安撫著歇斯底里的姊姊。「一家人」真辛苦。我這麼想著，緊緊地握住口袋裡的戒指。

我閉上眼睛想著由宇。一閉上眼睛，不只是黑暗，還看見了宛如星光的點點光芒。或許是我學會了新的魔法。我好像可以在眼皮中看見由宇的故鄉波哈嗶賓波波比亞星的外太空了。

如果有一天找到了太空船，就叫由宇帶我一起去波哈嗶賓波波比亞星吧！因為我們已經成了夫妻，我要嫁去由宇的故鄉，到時候當然也要把比特一起帶去。

閉上眼睛，飄浮在宇宙當中，我覺得波哈嗶賓波波比亞星的太空船真的來到了我的身邊。我沉浸在戀愛與魔法中。只要身在其中，我就是安全的，沒有人可以破壞我和由宇的幸福。

2

我生活在製造人類的工廠中。我居住的街上櫛比鱗次地排列著人類的巢。也許那就類似輝良叔叔告訴我的蠶房。

整齊排列的四四方方的巢中，住著一對又一對的雌雄人類，以及他們的小孩。雌雄人類在巢裡養育孩子。我就住在其中一個巢裡。

這裡是以肉體連結的人類工廠。小孩總有一天會離開工廠，出貨到別的地方。被出貨的人類不論雌雄，首先會接受訓練，學習將飼料帶回自己的巢。這些人類被訓練成世界的工具，從其他人類身上取得貨幣，購買飼料。然後，這些年輕的人類也會成為雌雄一對，關在巢裡製造小孩。

剛升上小五的時候，在學校學到性教育時，我心想：果然就是這樣。

我的子宮是這座工廠的零件，將與同樣是零件的某人的精巢相連結，製造小孩。不論雌雄，體內都隱藏著這種工廠零件，在巢中蠕動著。

雖然我和由宇結婚了，但由宇是外星人，所以大概沒辦法製造小孩。如果找不到太空船，我一定必須和其他人成為一對，為世界生小孩。

希望能在這之前找到太空船。

比特在書桌抽屜裡我為他做的床鋪上熟睡著。我用比特給我的魔法棒和粉盒偷偷地施展魔法。用魔法將我的生命運送到未來。

回到家以後，我立刻和我的好朋友小靜講電話。小靜好像御盆期間都在家，說我不在她很無聊。

「奈月，明天要不要去游泳池？我本來要跟梨香還有惠美一起去，可是我討厭梨香。如果奈月一起來，一定會很好玩，我們一起玩滑水道吧！」

「對不起，我昨天晚上生理期來了。」

「咦，太可惜了！那後天我們一起去吃可麗餅吧！」

「好！」

「下星期補習班就開始上課了呢。雖然很討厭，可是可以看到伊賀崎老師，有點期待，伊賀崎老師很帥嘛。」

「哈哈哈。」

因為很久沒和小靜講電話了，話匣子一打開就停不下來，我聊個不停，結果這時背部遭到一陣重擊。

「讓開啦。」

回頭一看，姊姊正一臉不爽地站在那裡。好像是她踢了我的背。每次看到我在講電話，姊姊就會踢我的背。

「對不起，我姊好像要用電話。」

「啊，這樣啊，好，那後天見囉！」

「拜拜！」

我掛斷電話，姊姊不高興地說：

「妳講話有夠吵的，我都被妳吵到又快發燒了。」

「對不起。」

姊姊粗魯地甩上門，關進房間了。每次關進房間，姊姊總是老半天不出來。

我躡手躡腳地回到自己房間，將戒指戴上無名指端詳。

像這樣戴上戒指，就覺得好像和由宇共用同一根手指一樣。這麼說來，感覺只有無名指異樣地白皙。我覺得很像由宇纖細的手指，輕輕地撫摸著它。

我就這樣戴著戒指入睡。一閉上眼睛，又看見外太空了。

好想快點回到那片漆黑之中。我覺得未曾去過的波哈嗶賓波波比亞星就像我的故鄉。

要去補習班上課的這天，我猶豫了一下，挑了黑色的襯衫，釦子釦到最上面一顆。雖然是短袖，但有點熱。我提著補習班的書包，偷偷把比特也放進去，走下一樓，走廊上的母親見狀板起臉來：

「咦，怎麼穿成那樣？簡直像要參加喪事。」

「嗯。」

「看了就晦氣。我都已經夠累的了。」

母親嘆氣。

家裡有個垃圾桶，就會方便許多。我應該就是這個家的垃圾桶。父親、母親和姊姊心裡累積了許多牢騷，就會往我這裡倒。

我和帶著社區傳閱板的母親一起走出玄關，隔壁大嬸出聲招呼：

「咦，奈月，要去補習啊？一下子就長大好多喔。」

母親在我身後大聲回應大嬸：

「討厭啦，哪有這回事？她真的永遠就是這麼遲鈍，沒人盯著就不行。」

「才不會呢，對吧？」

大嬸滿臉尷尬地看向我。

「不會，我媽媽說的沒錯。」我說。

沒有使用魔法的時候，我的確是個廢物。我從小就呆頭呆腦，長得又醜。對於「工廠」——對這個城鎮的人來說，一定非常礙眼。

母親大聲繼續說：

「跟我們家的比起來，妳們家千夏真是優秀太多了。這孩子笨得要死，做什麼事都慢吞吞的，簡直是個累贅，教人傷透腦筋。」

母親用傳閱板一下又一下打著我的頭。母親經常打我的頭。她說我很笨，需要刺激一下，腦袋才會變好，還說我的腦袋空空的，打起來特別響。或許確實如此。傳閱板在頭上發出清亮的「啪、啪」聲。

「而且啊，長得又這麼醜，以後一定嫁不出去，真不知道該怎麼辦才好喔。」

我點點頭：「是的，沒錯。」

既然生我的人都這樣說了，我一定是個相當糟糕的廢物。或許光是有我這個人，就給附近鄰居造成了麻煩。我的外表似乎很噁心，而且姊姊也說我做事不得要領，教人看了不耐煩。

「對不起。」

我覺得應該道個歉，低頭行禮。

「呃，欸，不會啦……」

大嬸顯得不知所措。

我行禮說「那我先失陪了」，跨上自行車前往補習班。

母親的聲音還在後面響著：

「真不知道是像到誰喔……」

騎著自行車往前進，看著外觀相同的屋舍一字排開的景色，我心想：完全就是巢呢。很像以前和由宇一起在秋級的山中發現的大繭。這裡是一排又一排的巢，也是製作人類的工廠。在這裡，我是雙重意義上的工具：

首先是用功讀書，成為勞動的工具。

再來則是努力當個女人，成為這裡的生殖器官。

不管是哪一種，我想我都是不及格的。

補習班位在兩年前於站前興建的公民館二樓。脫鞋進去以後，有兩間教室，裡面的教室是準備考國中的小六衝刺班，由補習班班導上課，前面的教室則是我這種不考國中的學生上的普通班，由打工的大學生伊賀崎老師負責上課。

停好自行車，進入教室，大家都已經坐好了。小靜招手叫我過去，我坐到她旁邊。每個人的模樣都和暑假前有些不同，不是曬黑了，就是剪了頭髮。

「奈月要去鄰町的煙火大會對吧？要穿浴衣嗎？」

「嗯，我這麼打算。」

「欸，要不要去買新浴衣？我之前有看到可愛的金魚圖案的浴衣。」

大家雖然享受著暑假，但似乎也很無聊，吱吱喳喳地聊個不停。聚集了約二十名小孩的教室裡充塞著笑聲和喧譁聲。

「好了，大家安靜！」

伊賀崎老師開門進來了。小靜開心歡呼：「哇！」

伊賀崎老師長得很像人氣偶像男團的成員，很受女生歡迎。不只是帥氣而已，教學也活潑有趣，很受好評。

我希望起碼能當個更優秀一點的「勞動工具」，所以非常認真用功。

「奈月，妳的社會科愈來愈進步囉。」

老師說，我點點頭說「是」。

老師摸了我的頭。即使那隻手離開了，頭髮底下的皮膚依然陣陣刺痛。

「奈月，妳可以留下來幫老師做講義嗎？」

「好。」

伊賀崎老師經常把我留下來做一些事。小靜說「好好喔」，這天課後我也留在教室，和老師單獨兩個人忙著。

「奈月會駝背呢。」

老師的手從襯衫衣襬伸了進來，直接觸摸我的脊椎。

「喏，要像這樣挺直脊椎，要不然會肩膀酸痛。」

「是。」

我挺起脊椎，像要逃離老師的手。

「嗯，這樣姿勢好多了。奈月，肚臍也要用力。」

老師的手就要伸向前面，我急忙扭動身體。

「怎麼了？老師是在教妳正確的姿勢，不可以亂動。」

「好。」

老師的手摸過胸罩，但我默默地挺直背脊。

「這樣就對了。」

老師的手總算離開了，但我的身體還是一樣僵硬。

我要回家的時候，老師說：

「奈月，胸罩不該穿粉紅色的，要穿白色的，要不然會被男生看見，或是從衣服底下透出來。」

「好的。」

我提著書包，跨上自行車，逃之夭夭地回家了。

老師經常提醒我胸罩的顏色。所以我才刻意穿黑襯衫，但老師似乎不接受。

有點奇怪的事，很難訴諸言詞。

我覺得伊賀崎老師有點奇怪。我是五年級的時候開始來這裡補習的，進入普通班以後，就一直讓伊賀崎老師教，但他一直都有點怪怪的。

不過，我也覺得或許是我想太多了。老師這麼帥的男生不可能對小學生動歪腦筋，或許是我自我意識過剩。

我加快騎車的速度，看到有人向我揮手。

定睛一看，是班導篠塚老師。

「老師好。」

「笹本，怎麼這麼晚了還在外面？」

「我去補習回來。」

「那就好……」

篠塚老師是個中年女老師，大家都叫她 long long hysteric ago。她有點孱斗，經常哭哭啼啼、歇斯底里，一發作起來就會沒完沒了地訓話，不知不覺間有了這樣的綽號。學校裡每個人都在背地裡笑她，這一點和姊姊有點像。

「對了，老師剛才在改考卷，上次的測驗，妳考得非常好喔！」

「咦，真的嗎？」

「妳本來數學成績不好對吧？可是這次測驗幾乎快拿到滿分呢。」

我開心極了。篠塚老師有時候的確很歇斯底里，但學生考出好成績，她總是會毫不保留地稱讚。

「妳雖然計算有點慢，可是不要急，仔細算對，一定可以拿到更棒的分數。」

「謝謝老師！」

篠塚老師很少被學生感謝，所以我開心地道謝，似乎讓老師很高興：「妳的優點就是認真。」

我在家幾乎不曾受到肯定，因此非常渴望稱讚。即使那只是歇斯底里老師的心血來潮，但聽到讚美，我還是忍不住胸口一熱，不知為何差點掉下眼淚來。

我要更加努力用功，當一個大人喜歡的小孩。這樣一來，即使我是個廢物，也不會被那個家趕走吧。因為我不是野人，所以如果被那個家趕走，就只能餓死在外頭了。

「我會更努力的！」

我激動的樣子有點嚇到篠塚老師：「嗯，是啊，努力是好事。」

然後老師揮手說「路上小心喔」，就回去了。

大家私下都說篠塚老師是嫁不出去的醜八怪老姑婆。有人說她喜歡體育老師秋本，但又嘲笑人家才看不上她。

大人也真難為。大人會制裁小孩，但對我來說，大人也一樣受到了制裁。做為社會的棋子，老師盡忠職守，但做為社會的生殖器，她應該算不上稱職吧。老師教育我、支配我，同時卻也因為沒有扮演好世界的工具而受到制裁。但只要成長到能養活自己，至少就不必擔心會被誰拋棄。

我踩著自行車往自家方向騎去。書包裡有補習班新發的講義。我想要快點做完講義，更用功讀書，朝著變成世界的零件這個目標邁進。

我在房間裡看著日曆。

今天是暑假最後一天了。日曆上寫著：

「倒數三百四十七天」。

自從御盆的迎火那天以後，才過了十八天而已。距離可以再見到由宇，還有三百四十七天。

愛情支撐著我。只要想到由宇和我們的愛，我就像被打了麻醉一樣，不覺得痛了。

我想，如果外星人是我而不是由宇，那就好了。從寄生在家這個意義來看，由宇和我是一樣的，但我甚至不是外星人。

我在書桌前坐下，開始用功。我想快點自食其力。為了這個目標，我願意服從世界。

到客廳一看，母親滿臉倦容。

「媽，今天晚飯我來做好嗎？」

母親看也不看我：

「不用了，妳少多事。」

「可是妳看起來很累，咖哩的話，我在學校烹飪課做過……」

「不用了，妳每次多事，就只會給我添麻煩。閃一邊去。」

我點點頭。看來我太自不量力了。確實，我是個廢物，居然想要為家人做什麼，未免太不知天高地厚了。我能夠做的，最多就是維持不好不壞，別給家人扯後腿。

「妳總是這樣，明明什麼都不會，就那張嘴巴會說。」

「是啊。」

母親每次心情不好就會罵我。所以她罵我一定不是為了我好，而是她需要一個沙包吧。不是動手，而是動口毆打我，母親就會穩定下來。

母親在當計時人員，也生下了我和姊姊，完成了生殖器官的職責。這樣一個了不起的人，一定會很累。

「家裡每個人都在忍受妳。」

母親憤憤地說，我心想應該是吧。

我用力握緊拳頭。這也是我最近剛學會的魔法。握住拇指，掌中就會形成黑暗。如果順利，就可以讓掌中的黑暗接近漆黑的外太空顏色。我喜歡注視掌中的外太空。如果更熟練了，明年夏天就表演給由宇看看吧。

「賊笑個什麼勁！看了就噁心！」

母親吼道。垃圾桶時間到了。

我回到房間，希望可以快點變成世界需要的工具，而不是累贅。如果學會更多的魔法，即使是我，也能多少為世界有所貢獻嗎？

我打開粉盒，注視著鏡中的自己。聚精會神，感覺似乎稍微變身了一下。

我突然覺得自己所向無敵，起身坐到書桌前，全神貫注地開始用功。也許是因為魔法的作用，功課飛快地寫完了。感覺握著自動鉛筆的掌心在閃閃發亮。

升上六年級，夏天愈來愈近了。月曆上與由宇重逢的倒數日期，終於變成兩位數了。

一想到很快就可以見到由宇了，我的情緒就很高亢。

姊姊叫我幫她買東西，我前往母親當計時人員的藥局。我正在找姊姊要的針眼眼藥，看到母親在店內深處。母親沒有藥劑師資格，所以負責商品陳列上架。

就在我要走向母親詢問眼藥位置的時候，收銀台裡的打工姊姊大喊：「笹本，那邊不用了，去排洗髮精！」母親板起臉孔，滿臉不耐煩地往裡面走去了。

「炸藥笹本真的看了就討厭。」

收銀台的姊姊低聲咒罵，瞬間我以為她是在說我，嚇了一跳。

「真的，那個人整天都不知道在心情不好什麼，動不動就爆炸，實在有夠煩的。」

在另一台收銀台算錢的大姊姊嘆氣說。

原來如此，母親就是炸藥笹本啊。

姊姊是克羅馬儂人，母親是炸藥笹本，這果然是血統嗎？

確實，上班中的母親看起來情緒很不穩定。

我放棄買眼藥，匆匆離開藥局。回頭一看，臉臭到不行的母親正從店內後台走出來。看起來確實隨時都會爆炸。

補習班放學，我正準備回家，老師叫住了我。

伊賀崎老師已經很久沒有找我了。升上六年級以後，我們幾乎沒有兩個人說話的機會，我正覺得果然是自己誤會了，為自己的自我意識過剩感到羞恥。

「好。」我點點頭，跟著老師走。

老師走進空教室，把一樣東西擺到桌上：

「老師要跟妳說這個。」

那是一樣包起來的白色小東西。

起初我沒發現那是什麼。靠近一看，看出是沾著血的面紙，我察覺那是衛生棉。

衛生棉上面的粉紅色翅膀我有印象。

「這個呢，是妳剛才丟在廁所的東西。」

我說不出話來。

確實，我現在正在生理期。下課時間我去了女廁，把衛生棉丟進垃圾桶裡。老師是怎麼從裡面挑出我丟的衛生棉撿回來的？

「奈月，我雖然是補習班老師，但教導學生這些知識，也是我的份內工作。妳這樣丟是不對的。看，這邊血都滲出來了不是嗎？要包得更仔細一點才行，老師示範給妳看。」

老師抽出桌上的面紙，包起我的生理用品。

「看，這樣包就很乾淨，打掃的人看了也舒服。」

「是……」

「那妳試試看。」

「咦？」

老師一如往常，和藹地微笑看我。

「現在就試試看，老師監督妳。」

「現在……嗎？」

「對，妳的小包包裡面有新的衛生棉吧？跟妳現在褲底的交換吧。」

「……」

我失聲呆站在原地。老師見狀，催促說：

「我上課的時候不是說了嗎？如果學到新的事，就要立刻復習。跟這個是一樣的道理。老師有說錯什麼嗎？」

「沒有……」

「喏，不快點換，晚上的課就要開始了，國中生要來上課囉。」

在老師催促下，我慢吞吞地從書包裡拿出小包包。

我掀起裙子，小心翼翼、希望至少不要被看見地拉下內褲。是生理期穿的米黃色生理褲。我發抖的手從內褲上撕下衛生棉，迅速抽出老師前面的面紙包起來，將新的衛生棉貼到內褲上。

「對，做得很好。」

老師伸手要摸我的頭，我忍不住全身僵硬。

我將換下來的衛生棉塞進小包包裡。

「謝謝老師。」

我低頭行禮，閃開老師的手。

「嗯，奈月是個聽話的好孩子。這樣的好孩子，功課也會進步的。要像現在這樣好好聽老師的話喔。」

「是。」

「那，下星期見。數學講義有點難，如果遇到不懂的地方，隨時都可以來問老師。」

我點點頭，衝出教室。

魔法，魔法，得快點使出魔法才行。黑暗的魔法、風的魔法，什麼都好，得快點使出魔法才行。必須在我的心有所感受之前，對全身施下魔法才行。

我衝進家裡，拚命洗手。剛貼上去的衛生棉在胯間扭曲變形。血不斷地流出身體。我覺得連這一點都被老師逐一監看著。

「怎麼啦？回來了也不會說一聲。」

母親過來了。我不知道該說什麼好，把話嚥了回去。

「咦，妳的膝蓋怎麼烏青了？騎車撞到了嗎？」

母親難得柔聲問道，關心地彎身查看。

我覺得，或許現在就是開口的時機。

魔法，魔法，鼓起勇氣的魔法。我在心中唸誦咒語。

我張開顫抖的嘴唇：

「媽，我跟妳說，老師……」

「老師怎麼了？」

「補習班的伊賀崎老師很奇怪……他從以前就很奇怪，今天更是超奇怪的……」

「怎樣奇怪？」

「就是，之前他也說要矯正我的姿勢，摸我的身體……還有，今天他罵我說衛生棉沒包好……」

母親眉頭緊鎖，一眨眼便火冒三丈：

「所以呢？就是因為妳有不對的地方，老師才罵妳不是嗎？」

「不是，老師很奇怪，很不對勁。就是……他很奇怪，矯正我姿勢的時候，不只是摸我的脊椎，還摸我的胸部──好像。」

老師不對勁的時候，身上總是會散發出一股「氣息」，但我就是無法適切地說明。

「誰叫妳總是彎腰駝背，我不是也提醒妳要抬頭挺胸嗎？老師好意糾正妳，妳卻想歪到別的地方去，真教人不敢相信！妳腦袋是有毛病嗎？」

「不是的，老師真的很奇怪！」

「少胡說八道了。妳這種乳臭未乾的小丫頭，老師才不可能用那種眼光看妳。妳就是心術不正，才會想歪到那種地方去。下流的人是妳，真受不了。」

母親啐道，呼應似地，我半句話都說不出來了。

「妳到底是哪來的這種不正經的念頭？真噁心！有空想那些不三不四的事情，還不快點去唸書！」

有東西在我的頭頂炸開。瞬間，我不知道發生什麼事。母親手裡抓著拖鞋瞪著我。

「聽到了沒！」

「是，聽到了。」

這是母親第一次這麼凶狠地打我。我感到心裡的開關「啪」地一聲跳掉了。我的心變得麻木，就好像被打了麻醉，不再感到疼痛了。

「上次考試妳也給我考那什麼爛分數，喏，妳這顆腦袋是空的嗎！這顆腦袋！這顆笨腦袋！」

母親拿拖鞋打著我的頭。

「是，我知道了，對不起。」

我唸咒似地，只是不斷地重複母親想聽的話。

是，我知道了，對不起。是，我知道了，對不起。是，我知道了，對不起。是，我知道了，對不起。是，我知道了，對不起。是，我知道了，對不起。是，我知道了，對不起。是，我知道了，對不起。是，我知道了，對不起。是，我知道了，對不起。是，我知道了，對不起。是，我知道了，對不起。是，我知道了，對不起。是，我知道了，對不起。是，我知道了，對不起。是，我知

道了，對不起。是，我知道了，對不起。是，我知道了，對不起。

所以請不要把我丟掉。我會乖乖聽話，請不要把我丟掉。要是被大人丟掉，小孩子就會死掉。請不要把我殺掉。淒慘地哀求的話從我的口中源源不絕地流瀉而出，就像夢囈，就像咒語，也像詛咒。必須使用活下去的魔法。必須把心變得空洞，徹底服從才行。

腳邊的書包裡裝滿了補習班的講義。對，得快點用功才行。快點用功，變成大人喜歡的孩子，然後長成大人喜歡的大人。

母親也許是愈打愈激動，用拖鞋不斷地打我的臉、我的頭、我的脖子和背部。心的開關已經關掉了，所以我麻木無感。我屏住呼吸，等待時間過去。我一動不動，就像是關在殼裡、埋在土中的時光膠囊一樣，勉力將生命運送到未來。

要把生命運送到多遠的未來，我才能活下去？

3 無論如何都要活下去。

和由宇的約定烙印在體內。

我要掙扎求生到什麼時候才行？有朝一日，不必掙扎也能活下去嗎？

但是看看母親，看看篠塚老師，我怎麼樣都不敢奢望。我覺得必須永遠掙扎求生下去，光想就覺得快要昏倒。

即使如此，我還是必須快點變成工廠的一部分。必須順著世界的栽培，讓大腦和身體成長。所以現在我必須屏聲斂息，首先保住自己的性命，直到激動的母親應該會平靜下來的幾小時後的未來。

放學回家後，我說要去找小靜玩，離開家門。

這個城鎮微微地散發光芒，太空遙不可及。

已經快要放暑假了。再三十天就可以見到由宇了。

我用電話卡打電話給由宇。我打算如果是美津子姑姑接電話，就立刻掛掉。

『喂，笹本家。』

是由宇的聲音。

「由宇，由宇，是我！」

『奈月？』

由宇好像很驚訝，聲音都走調了。

「由宇，我跟你說，之前你的母星的外星人跑來我家了。」

我握緊話筒。

「比特之前總算解除了詛咒，可以說人話了。所以他把波哈嗶賓波波比亞星人叫到我的房間來。三更半夜，偷偷的。」

話筒另一頭只傳來由宇動來動去的聲音。我一股腦地說下去：

「然後外星人說，你的太空船果然還是在秋級。你之前都是在山上找對吧？我跟你說，船不是在山上，你記得之前叔叔說有一座小神社嗎？我也沒有去過，可是外星人說太空船在那裡。所以今年夏天，我們一起去找太空船吧！」

『奈月，妳冷靜點，妳怎麼了？這是誰說的？』

「就是，外星人來找我，他馬上就得回去了，可是他跟你是同一個星星來的，說他知道你。所以我覺得要趕快通知你才行。然後外星人說太空船最多可以坐兩個人，所以你可以帶我一起回去。」

由宇稍微做了個深呼吸，說：

『……原來是這樣，我嚇了一跳，所以才會反問，不是懷疑妳喔。太好了，那今年夏天，我們就可以回去故鄉了。』

我不知道自己說的話有幾分是真的。我覺得真的有外星人來過，也覺得有可能全部都是假的。如果是假的，會害由宇失望。可是我無法克制自己。

「嗯，所以第一學期的休業式那天，你要跟學校的朋友做最後的道別喔。因為我們要一起回去了。」

『是啊，那，奈月妳也要好好跟好朋友說再見，收拾好行李過來。太空船裡面應該很窄，帶個遊戲機可能比較好。』

「不用帶遊戲機啦，只要跟由宇說話，就不會無聊了。」

天空染上淡墨般的淺黑色。這片不同於秋級的明亮夜空，不會幫忙隱藏我。好希望御盆快點到來，快點去到那片漆黑的夜。我無比地想念秋級的黑暗，閉上了眼睛。眼底星空般的光芒正點點閃爍著。

暑假終於到來，我亢奮極了。距離御盆只剩下一星期。每到這個時期，小學操場都會舉辦町內會的夏祭活動。我穿著風鈴圖案的浴衣和小靜會合，前往會場。小靜穿著去年一起挑選的金魚浴衣。

小靜吃著剉冰，歡呼起來：

「是伊賀崎老師！」

我驚訝地看去，握緊了棉花糖的竹籤。

「欸，我們去跟伊賀崎老師打聲招呼吧！」

「等一下，不要去那邊。我剛看到梨香在那裡。小靜，妳跟梨香不是吵架了嗎？我們躲去這邊吧！」

我急忙往反方向走。「等等我！」小靜追了上來。

小靜說她吃完剉冰肚子痛，要去廁所，我靠在體育館的牆上等她。

我正奇怪小靜怎麼上那麼久，忽然有人一把抓住我的手腕。

「奈月，午安。」

我強忍尖叫，乖乖地點頭行禮：

「……伊賀崎老師好……」

伊賀崎老師面色蒼白，就好像抹了粉一樣，抓住我的手汗濕黏膩。小靜總是尖叫說好帥的那張洋娃娃般俊秀的臉令我全身爬滿雞皮疙瘩，我忍不住掩住浴衣的前襟。

「小靜已經從廁所出來了，現在在我家。」

「咦……？」

「小靜在排隊上廁所的時候貧血了。我家就在附近，她現在在那裡休息。」

「這樣嗎……？」

這麼說來，小靜說她今天生理期來。難不成老師也教小靜怎麼換衛生棉嗎？

我一陣毛骨悚然，覺得必須立刻去救小靜才行。我可是魔法少女，必預用魔法拯救陷入困境的朋友才行。

「喏，奈月，走吧。」

老師用力扯著我的手，我握緊了小肩包裡的比特，心中唸誦著咒語。

只要有魔法，我所向無敵。我要去救小靜。

我不斷地對自己這麼說。比特默默地照看著我。

到老師家以後，老師開朗地請我進去：「請進，奈月。」

老師說他父母暑假期間因公出國，家裡只有他一個人。

「小靜在哪裡？」

「哦，小靜已經恢復了，先回去了。」

「這樣啊……」

「奈月真是個愛護朋友的好孩子。妳喜歡紅茶嗎？老師有草莓香味的好喝紅茶，妳坐在沙發等我。」

我默默地坐在沙發上，盯著桌上的巧克力看。大盒子裡的巧克力一顆也沒少，我心想或許小靜也不好意思吃。

「今天呢，老師想要在家裡教妳功課。」

老師端給我的紅茶有草莓的香味，甜甜的。

「奈月，妳知道什麼是『吞吞樂』嗎？」

「吞吞……？什麼？」

「『吞吞樂』啊。妳居然不知道，這怎麼行呢？長大以後，每個人都要做的。今天老師就特別教妳好了。」

老師的口吻很溫柔，和上課的時候沒有什麼不同，然而我卻不知為何感到害怕極了。會莫名其妙地對老師提高警覺，或許就像母親對我說的，是因為我心術不正，才會胡思亂想。覺得眼前陽光開朗的老師很可怕，是自我意識過剩、是可恥的事。

「今天雖然不是補習班的上課日，但老師特別幫妳上課，不可以告訴其他人喔。因為這是只為奈月妳一個人上的特別課程。」
「是……」
老師站起來，坐到我旁邊。瞬間，雞皮疙瘩爬滿全身，但我沒有說話。老師有點「奇怪」的時候，雖然很溫柔，但我覺得如果讓他不高興，他不知道會對我做出什麼事來。
老師用腳挪開放巧克力的桌子，撫摸我的背部。
「那，妳站到沙發前面，對著老師，在地毯上跪坐下來。啊，不是那麼遠的地方，坐過來老師的膝蓋中間。」
「那個……」
老師嘆氣：
「奈月，要是妳太散漫，老師也是會生氣的喔。因為妳說想要多多學習，老師才會在補習的時間以外特地教妳啊。不認真學習怎麼行呢？」
「是，對不起。」
我有說我想學習嗎？可是看老師這麼生氣，或許我不小心說了這種話也說不定。
我不敢再繼續激怒老師，乖乖聽話。
「那，閉上眼睛，張開嘴巴。嘴巴打開，絕對不可以咬喔。」

我害怕極了，嘴巴只打開了一公分寬，但老師用他粗大的手指把我的嘴巴大大地扳開，就像看牙醫那樣。

老師用指頭扳開我的嘴巴後，勾住我的脖子。

「聽好，妳要乖乖地『上課』才行。如果不認真上課，老師可能會生氣喔。奈月不想惹老師生氣對吧？因為妳是個好學生嘛。」

我只能張著嘴巴，拚命點頭。因為如果反抗大人，就會被殺掉。如果被大人拋棄，我們就會死掉。

3無論如何都要活下去。

和由宇的誓約，現在就宛如詛咒一般勒緊了我的全身。

瞬間，某種濕滑、暖熱的東西進入嘴巴裡。些許苦味和腥臭味在口中擴散開來。我拚命不讓牙齒咬上去。我覺得如果違背老師的指導，不小心咬到，不知道會有什麼下場。老師粗大的手指依然勾著我的脖子。

緊緊地閉上雙眼的我，不知道老師正在做什麼。微微睜開眼皮一看，只見老師的屁股從沙發上抬起來，胯間頂向我，正做出我從來沒見過的古怪動作。我害怕起來，又用力閉上眼睛。

老師激烈地喘息著，口中噴出的濕熱氣息纏繞在我的臉頰和頭頂。突然間，溫熱的液體在口中噴射開來。難道是尿尿？我想要吐出來，原本勾住我脖子的手不知不覺間移到後腦勺，箍得死緊，完全動彈不得。

我好不容易扭動身體別開臉去，把進入口中的液體吐了出來。潑灑在地上的不是尿也不是血，而是優格狀的奇怪東西。

「奈月，要好好『吞吞樂』才行啊。喏。」

老師再次抓住我的後腦勺。瞬間，視野一陣扭曲。

回過神時，我的靈魂出竅了，飄浮在天花板的高度，俯視著被老師按住腦袋的自己。

咦？我用了魔法嗎？我納悶。但我沒有動用粉盒或魔法棒，這太離奇了。

明明使出了這麼驚人的魔法，我卻沒有半分感動，只是默默地看著自己的肉體。看到老師抓著我的頭蓋骨，拿我的頭當工具，我總覺得茅塞頓開。我一直以為我還不是「工廠」的一分子，但原來我早就成為工具了。

老師對著靈魂出竅、只剩下空殼子的我的身體說話：

「這個『課程』呢，必須練習很多次才行。暑假的時候，家裡只有老師在家，所以可以特別只為妳一個人進行暑期加強喔。」

「是。」

我的靈魂早已脫離軀殼在這裡，身體卻點著頭應聲。我飄浮在半空中，呆呆地看著和老師面對面的我自己。

「老師是在替奈月『上課』喔。懂嗎？這件事不可以告訴任何人。老師是大家的老師，如果大家發現老師只對妳一個人偏心，特別幫妳上課，老師會挨罵的，到時候連妳都會挨罵喔。比起老師，奈月會被罵得更慘喔。因為是妳拜託老師，硬是要老師替妳『上課』的，對吧？」

「對。」

「妳還要繼續來這裡『上課』才行。下個星期一，妳還會過來對吧？」

「對。」

下星期是御盆，我不在東京。但我的肉體在點頭。靈魂出竅的我，從天花板一直注視著點頭的我。

我就這樣回家了。我浮遊地看著往家裡走去的自己。

我不知道什麼時候才能回到身體裡面。我完全無法思考，只能看著。

我看到母親在說話。她厭倦地說：妳又迷路了是吧？我睏極了，沒有應話，往床鋪走去。我依舊靈魂出竅著，看著一板一眼地脫下浴衣，換上睡衣上床睡覺的自己。我的肉體整個放鬆，臉頰貼在枕頭上睡著的瞬間，浮在半空中的我的意識也斷絕了。

我整個人昏睡過去，醒來的時候，意識已經回到身體裡面了。

突然間，我強烈地渴望洗澡，帶著想吐的感覺爬了起來。

我急忙衝進二樓廁所，但胃裡空空的，什麼都吐不出來。

我回到房間，滿懷不可思議地環顧四下。就像昨天飄浮在空中時看到的那樣，浴衣和衣帶都折得整整齊齊，睡衣鈕釦也全部扣好。

喉嚨渴了，我想起我在攤販買了瓶裝柳橙汁，從小肩包拿出來。

變溫的果汁流入口中的瞬間，我察覺到異狀。

沒有味道。我以為果汁壞掉了，但聞了一下，只有柳橙的甘甜香氣。

我納悶萬分，但還是想要刷牙洗澡，帶著換洗衣物下去一樓。

昨天我沒有好好應話，或許母親生氣了。後來我和小靜就那樣走散了，她怎麼了呢？我擔心起來，但覺得全身都好噁心，輕手輕腳地往浴室走去。這時我聽見客廳傳來話聲。

姊姊纏著父親央求：

「今年人家不想去什麼長野啦，人家想要出國旅行。」

「姊姊這一年表現得都很好嘛。是啊，出國可能沒辦法，但或許可以去泡個溫泉。我也比較想去溫泉。長野每年都去，今年一年沒去也還好吧？」

「是啊……」

父親曖昧地笑，我衝進客廳。

「不要——！」

我尖叫起來。

「御盆要去奶奶家！要去秋級！我不要去溫泉——！」

「妳少任性了！」

母親吼我，但我繼續尖叫。

「妳為什麼就是這麼任性！」

母親敲我的頭。

靈魂出竅，現在我必須用靈魂出竅的魔法才行。只要用靈魂出竅的魔法，就可以麻木無感了。

「真是，妳這孩子就是這麼自私！昨天也是，擔心妳是不是在外面迷路了，卻悠哉地跑回來，睡得像頭豬……妳真的是個廢物！」

母親踹我的背，用和姊姊一模一樣的姿勢踢我。

不管再怎麼唸咒語，今天我就是無法脫離身體。

母親用腳底一再地推搡我的身體。

我哭哭啼啼，被母親拖回自己的房間了。

「不給我安靜，就不放妳出來！」

母親撂下話，下樓去了。

我取出收在抽屜裡的比特，緊緊地抱住他蹲下來。

拜託，讓我再次使出靈魂出竅的魔法，飛到由宇的身邊去。

我一點都不餓，一整天關在房間裡唸咒語。

入夜以後，我將鐵絲做的戒指戴上左手無名指，鑽進被窩。我用力閉緊雙眼，想要製造黑暗，然而眼皮內側卻看不見半點星光。我注視著自己的皮膚內側睡著了。

隔天早上我被搖醒，微微睜眼，看見母親一身黑衣站在床邊。

「馬上準備，要去長野了。」

「咦……為什麼？」

「妳爺爺過世了。他之前身體就有點不好，沒想到會走得這麼突然。」

也許我不小心用了黑魔法，而不是白魔法。我祈求著無論如何、不管透過任何手段，我都想見到由宇。或許是我的魔法實現了這個願望。

我坐在被子上茫茫然地這麼想。

「妳姊穿制服就行了，妳有像樣的黑色衣服嗎……？啊，穿那件洋裝好了。總之趕快準備，一小時後就要開車出發了。」

我除了點頭，無法有其他反應。

進入祖母家的玄關，眼前是與過往的暑假截然不同的情景。

「佛壇房間」裡掛了許多從未看過的大燈籠。沒有人在起居間休息，每個人都穿著黑衣，忙碌地走來走去。

「把行李放到二樓後，就去跟爺爺打招呼。」父親說。

父親總是懦弱地被姊姊和母親牽著鼻子走，今天卻威嚴十足。父親叫我們跟爺爺打招呼，所以我想或許爺爺只是身體不舒服，人還活著，卻不知道要怎麼問父親才好。

祖父躺在「佛壇房間」裡。他躺在墊被上，我從來沒看過那麼鬆軟潔白的墊被。我覺得祖父身上隱約散發出他平常的味道。一身黑衣的祖母坐在祖父的枕邊垂淚。

「貴世，奈月，過來看爺爺。」

我聲如細蚊地應著「好」。姊姊板著臉不說話。

「聽著，或許妳們看了會有點驚訝，可是妳們已經是大人了，應該可以承受。過來這裡，跟爺爺道別。」

父親把我們叫過去，輕輕掀開蓋在祖父臉上的布。祖父的鼻孔塞著棉花，神情如常地閉著眼睛。看起來有點蒼白，但感覺隨時都會醒過來。

「喏，很安詳對吧。看起來有點像在笑呢。」

奈津子姑姑摟著祖母的肩膀，用手帕抹著眼睛說。

「……好像在睡覺。」

我小聲說，父親看向我點了點頭。

「雖然走得有點突然，但爺爺是壽終正寢。」

「什麼叫壽終正寢？」

「就是安詳地過世。也可以說是活完應有的壽命了。爺爺不久前就住院了，但沒經歷什麼苦，是在睡夢中過去的，所以神情才會這麼安詳吧。」

「嗯。」

我問父親：

「我可以摸一下爺爺的手嗎？」

「噢，可以啊。」

我握住祖父的手。冰冰涼涼的，已經不是人的手了。

「……有點恐怖。」一直沉默的姊姊開口說。

「怎麼會？貴世，壽終正寢可是好事啊。好了，後面還有人要看爺爺，我們走吧。」

回頭一看，穿制服的百合和穿黑色洋裝的亞美淚濕了眼睛站在一起。

走到玄關，穿黑色長袖制服的由宇和美津子姑姑就站在那裡。

我們四目相接，由宇有些擔心地細看我的臉。

姑姑在玄關就已經淚如雨下，緊緊地抱著由宇。

「美津子，妳還好嗎？」

由宇撫摸著姑姑的背，就好像她的丈夫。

「今晚守靈，明天就是葬禮。」父親說。

母親嘆氣：「真是太突然了。」

「到晚上還有點時間，妳們累了吧？要休息一下嗎？」

姊姊說她不舒服，穿著制服躺下了。

「妳要睡一下嗎？」

母親問，我搖搖頭。

我的雙眼灼灼發亮，清明得不得了。指頭上還殘留著祖父的手的觸感。

我看見穿黑色外套的由宇在庭院。

我悄悄溜出鬧哄哄的屋子，去到由宇身邊。

「由宇。」

我出聲，由宇回頭。

「奈月，妳還好嗎？」

由宇的手腳變長了些，因此頭看起來變小了。但他還是比我嬌小，就像個洋娃娃。

「你在做什麼？」

「摘庭院的花。妳聽說了嗎？爺爺要土葬。」

我搖搖頭：

「我不知道，什麼是土葬？」

「不是燒掉，而是要埋在土裡。」

「咦，是這樣嗎？」

電視懸疑劇裡常見的葬禮中，人死後好像都是燒掉變成骨頭，然後由親人用筷子夾起來。我原本模糊地以為祖父也會是這樣，但這下就無法想像接下來的儀式過程了。

「我也一起摘。」

「不用拿剪刀來嗎？」

「由宇，我想拜託你一件事。」

我低著頭說。

「我可能再也見不到你了。」

「咦？」
由宇驚訝地看我。
「出了什麼事？妳要搬去很遠的地方嗎？」
「那個，我很快就沒辦法再過來這裡了。」
我小聲地說，由宇露出無法理解的表情看著我。
「由宇，你找到太空船了嗎？」
隔了幾秒之後，由宇才搖搖頭說：
「沒有。來這裡的路上，我去了一下神社，可是沒看到太空船。」
「那一定來不及了。由宇，你跟我是夫妻對吧。我實在沒有時間了。求求你，由宇，我想要你跟我做愛。」
「咦！」
由宇的聲音走了調。我逕自說下去：
「求求你，我這輩子就求你這麼一次，我想要在我的身體再也不屬於我之前，讓身體也跟你結婚。」
聲音發抖了。由宇好像整個人傻掉了。

「可是，那是大人做的事吧？我們沒辦法的。」

「……自己的生命不屬於自己——由宇，你有過這樣的感覺嗎？」

由宇語塞了一下，小小聲地說：

「小孩子的命本來就不是自己的，掌握在大人手中。如果被母親拋棄，就沒有飯吃，沒有大人幫忙，哪裡都去不了。所有的小孩都是這樣的。」

由宇把手伸向花圃的花。

「所以我們要努力活下去，直到變成大人。」

向日葵的莖被由宇的剪刀剪下。變成屍體的向日葵偎倚在由宇身上。

我對抱著花的由宇喃喃說：

「跟你說，我可能會被殺死。所以我想在死前跟你結婚。我想要名符其實地跟你結婚，而不只是小孩子的約定而已。」

由宇吃驚地看我：

「……怎麼回事？誰要殺妳？」

「一個男的大人。沒有人可以反抗他。」

「沒有人……沒有人可以幫妳嗎？」

「那個人很厲害，小孩子對付不了。大人只顧著自己活下去，根本沒有餘力去救小孩。這你也明白的，對吧？」

由宇不說話了。向日葵的花瓣從他的臂彎落下來。

我抬起頭，「由宇，那個可以吃嗎？」

「咦？什麼？」

「那邊的，裡面的向日葵。已經枯萎了，有種子可以摘嗎？」

我指著枯萎變黑的向日葵說。

夏季結束以後，祖母總是會寄葵花籽過來。每到秋季，我會坐在中庭吃葵花籽。

我站起來，伸手搓了搓泛黑垂下的向日葵的臉。小小的種子灑落到手中。

「這跟祖母寄來的葵花籽一樣嗎？」

由宇戰戰兢兢地探頭看。

「應該一樣。由宇，你沒有採過向日葵的種子嗎？」

「沒有。」

我將手中的種子放入口中。

「還有點生生的。」

我的嘴巴依然感覺不到味道。完全嚐不出半點平常吃葵花籽時會感受到的芳香，只有口感，因此知道種子還沒有乾透。由宇遲疑著，但也將種子塞進他的小嘴巴裡。

「不好吃呢。」

「這還要再曬得更乾一點。」

明明是我帶頭吃的，卻高高在上地對由宇說。

由宇嚼動著嘴巴說：

「……奈月，我是妳的丈夫，所以我會為妳做任何事。妳真的想要做那個嗎？如果那樣做，妳就能得救了嗎？」

「……嗯。」

由宇歪著頭，就像在表示不解，但最後還是說：

「好。」

「真的嗎？你沒有勉強自己嗎？」

「嗯。只要是身為丈夫能夠做的事，我都會為妳做。」

由宇輕笑了一下。我俯視著比我還要嬌小的由宇說：

「由宇，我也一樣，身為你的伴侶，只要是我能做的事，我都會為你做。我一定會保護你。」

「什麼是伴侶？」

「由宇，你連伴侶是什麼都不知道嗎？……呃，就像搭檔，所以……就是家人。」

我說，心想如果有詞典，就可以當場查字義了。由宇聞言開心地笑了：

「這樣啊，我們是夫妻嘛，是一家人。」

「對呀。」

我和由宇躲在向日葵叢裡，偷偷地牽起彼此的手。由宇的手就像女生一樣柔軟。

隔天早上，我再次穿上黑色洋裝，前往和室，看見祖父已經放進棺材裡了。

平常大家鋪上座墊、圍著桌子吃飯的房間裡，今天則是有和尚與穿著喪服的親戚一排排跪坐著。和尚在誦經，眾人坐著聆聽。上香結束後，終於要出棺了。

輝良叔叔發號施令，「血緣親的來這邊」、「長男在那邊」，叔叔們移來移去，決定位置。

「由宇也要抬嗎？」

被大人問道，由宇微微點頭。

「那由宇來這邊。呃，陽太的輩分比由宇親，所以再過來一點。」

「我也要抬。」

我說，父親露出有些驚訝的表情。

孝宏叔叔一臉為難：

「可是奈月是女生……」

「那，妳扶著就好了。過來這邊。」

輝良叔叔招呼我過去，我站在棺材後面，手輕扶在上面。

「好了，出發吧。」

眾人從簷廊脫鞋，魚貫排成一列，抬棺出發。

我回頭看後面，姊姊和母親依偎在一起走著。祖母身後，平輩親戚和姑姑嬸嬸排成一排。每個人都穿著黑衣，感覺很像螞蟻隊伍。

棺材被抬到御盆期間都會去的墓地。那裡有一個四四方方的洞穴。

「這是誰挖的？」

昨天眾人為了守靈忙到三更半夜，難道是叔叔們來挖的嗎？我問父親，父親說：「是村人合力挖的。」

棺材放入洞穴以後，輝良叔叔說：

「來做最後的道別吧。」

棺蓋打開，孝宏叔叔啞著嗓子搞笑說：「喲，老爸，看你變成一個老頭子了呢。」

姑姑們看著祖父的臉，眼中噙滿了淚。

父親默默地看著棺材裡，只說了句：

「夏天腐敗得很快。」

棺蓋闔上，每個人都用鏟子舀了一鏟泥土灑上去。

我正想著填土會是一項大工程，卻聽到叔叔說「那，大家回去吧」，嚇了一跳，悄聲問父親：「可是還沒有埋起來耶，沒關係嗎？」

父親說：「等下村人會幫忙埋起來。」

這些會幫忙處理好一切事務的村人是從哪裡冒出來的？我納悶極了，但還是乖乖點頭，又跟著隊伍回家了。

回家一看，不認識的人正在準備大餐。

我很驚訝，原來村子裡有這麼多的人。

沒多久，來了一堆不認識的人，宴席沒完沒了。

「那一戶的爺爺那時候，土一直沒有落下去呢。」

「對啊，不過剛才看的時候，已經落下去了。」

我不懂輝良叔叔這話的意思，問父親：「土落下去是什麼意思？」

父親簡潔地解釋：

「下葬以後，墳墓的土不是會堆成一座小山嗎？一段時間以後，棺材腐爛，泥土就會落下去了。」

熱鬧滾滾的宴席結束後，收拾了一下場地，變成小規模的近親聚會。

「那麼，接下來是自己人的第二攤。」

輝良叔叔語帶玩笑地說，姑姑嬸嬸們應著「是是是」，去廚房做下酒菜了。

「差不多該來撥念珠了。」

只剩下親戚的晚上九點左右，開始撥念珠了。

我從來沒有看過這麼長的念珠，眾人圍成一圈，一起拿著念珠，邊誦經邊撥珠子。

結束以後，大家實在也累了，姑姑嬸嬸們準備就寢，叔叔們似乎也不想再喝了，換成茶水，聚在一起說話。

「你們小孩子也累了吧？輪流去洗澡吧。」

姑姑說，小孩子們應聲說「好」。

因為沒時間，我和姊姊一起洗。我已經很久沒有和姊姊一起洗澡了，覺得有點詭異。

姊姊的身體，胸部和屁股都很渾圓，很像課本上看到的史前土偶。

我莫名地害怕起來，洗澡的時候都避免去看姊姊，姊姊也別開目光不看我。

我們默默地洗完澡，出去走廊，看到由宇拿著毛巾站在那裡。

「洗好了。」我說。

由宇點點頭說「謝謝」。

姊姊一下就上去二樓了。我也對在起居間喝茶的大人說「晚安」，上去二樓。

親戚小孩和姊姊發出睡著的呼吸聲。我在這些聲音裡，默默地注視著黑暗。

「沒有被人看到吧？」

我悄聲問由宇。

凌晨兩點。我們約好兩點在土倉庫前會合，由宇依約站在土倉庫前的花草叢中，就好像躲在裡面似的。

「嗯，舅舅他們都睡著了。」

我和由宇溜出屋子。我揹著偷偷藏在玄關紙箱裡的背包。裡面放了一把手電筒，但萬一被看到光線就不妙了，因此我們手牽著手，摸黑走到馬路上。

「已經可以了嗎？」

我從背包裡拿出手電筒，小心地打開來。

山上沒有路燈，戶外只有月光和星光。手電筒照亮漆黑的腳邊。

「要去哪裡？」

「不會被找到的地方。」

我沒想到竟然會黑成這樣。送火和迎火的時候應該也是一片漆黑，但這與叔叔和孩子們一起照亮道路行走的那時截然不同。手電筒就只有一支，圓光頂多只能照亮腳邊，連由宇的臉都看不清楚。

「要往哪裡走才好？」

「噓，有水聲。」

聽到由宇的話，我豎耳聆聽，確實有細微的流水聲。

「總之先去河邊好了。」

我們僅憑水聲，往河川走去。說是河川，也只是一條水深及腳踝的小溪流而已。

流水聲顯得格外清晰。

「小心別摔進去喔。」

「你也是。」

我把手電筒交給由宇，兩人依偎在一起，靠著流水聲不斷地往前走。

我覺得走得很遠了，喃喃說：

「這裡是哪裡呢？」

「不知道。如果手電筒照得太高，會被人發現，也看不見腳邊。」

「借我一下。」

我借來由宇手中的手電筒，往四周大略照了一下。

什麼都看不見，就宛如身在漆黑的洞穴裡。

雖然看出有布滿青翠稻子的田地，卻沒有任何可以做為路標的物體。

「我們是走下山了嗎？」

「怎麼可能？啊！」

由宇輕呼。

「這裡是爺爺的墓。」

「咦？騙人！」

我覺得走了很遠，沒想到竟來到了白天舉行葬禮、祖父下葬的墓地所在的田地。

「怎麼辦……」

「要不要去墳墓那裡？就算繼續走下去，也不知道會有什麼。」

「嗯。」

我們如履薄冰地踩過田埂，走向墓地。

墓地前方，有一塊泥土地裸露的空間。

「真的，土還沒有落下去。」

看到隆起的小土堆，我這麼說。

「什麼土落下去？」

「聽說如果棺材腐爛了，土就會落下去，變得凹陷。」

「這樣啊。」

我們不約而同地牽住彼此的手。也許是害怕待在埋葬著祖父屍體的地方。

這裡能聽得到水聲，還有田地的稻葉磨擦聲。像這樣靜靜地待著，就好像站在漆黑的大海旁。

「我們也是在這裡結婚的呢。」由宇低聲說。

「在這裡做好了。」

「咦……在這裡？」

「你怕嗎？」

這麼問的我自己，也不明白是在問怕什麼。由宇想了一下說：

「我不怕。因為我跟我的『伴侶』在一起。」

我們在墓地旁邊的小空間一起坐了下來。我用手電筒照亮背包裡面翻找，挖出在閣樓找到的大包袱巾和蠟燭，還有從圖書館借來的性教育書籍。

「那是什麼書？」

「上面有教人做愛的方法。我在圖書館借的。」

「是喔？」

我拿出蚊香，由宇似乎很驚訝：「妳準備得真周全。」

我把蚊香和蠟燭排在一起，用火柴點燃。光朦朦朧朧地亮了起來，總算可以稍微看到由宇的臉了。

我們打赤腳走到包袱巾上。

「好像在玩家家酒。」

由宇喃喃道。

「由宇，怎麼感覺好像我才是外星人一樣。我想要用『嘴巴』以外的每一個地方觸摸你。」

「為什麼『嘴巴』不行？」

「就是，我的『嘴巴』之前被弄壞了。所以我嚐不出任何味道，嘴巴也不再屬於我了。可是，其他地方都還沒事。手掌、腳還有肚臍都還是我自己的，所以我要用這些地方摸你。」

「好。」

由宇可能早就習慣我的瘋言瘋語了，沒有繼續追問「嘴巴」的事，順從地點點頭。

我們先擁抱彼此，由宇身上散發出祖母家浴室的蜜柑香皂的味道。

「我想要再靠近一點。」

我模糊地認為做愛就是「靠近」。

我將全身的皮膚貼上由宇的皮膚。由宇的皮膚很柔軟，令人安心，和老師硬邦邦的手掌就像不同的兩種生物。

「我想再和你更靠近一點。」

我拚命地喃喃說。

蟲鳴和蛙叫幾乎快蓋過我的聲音。我擔心由宇會不會聽不見，但由宇回答：

「可是我們都已經這麼近了耶？」

他的聲音讓我鬆了一口氣。由宇吐出來的溫暖的呼吸吹在肩口上，癢癢的。

「你曾經想要進去別人的皮膚裡面嗎？」

由宇把臉抵在我的肩口上說：

「沒想過。」

「我可以再靠近一點嗎？」

我緊緊地抱住由宇說，由宇想了一下說：

「嗯。奈月想要靠得多近，就盡量靠近吧，沒關係。」

我抓住由宇的連帽外套裡面的襯衫，但還是覺得很遠，便解開前面的鈕釦，直接用臉蹭上由宇的皮膚。

「有近一點了嗎？」

我把耳朵貼在由宇的胸口，聽到心臟跳動聲。

「你的聲音從裡面傳來。」

「咦？是嗎？」

「嗯。你一說話，你的肌肉就會跟著動，聲音從裡面傳出來。」

「好奇怪的感覺。」

由宇發出笑聲，那聲音又從皮膚內側傳了出來。

由宇的肌肉內部在作聲。我好想好想進去那裡面。

「我想要更靠近。」

我夢囈似地喃喃著，由宇的聲音有些為難：「還要更近？」

我脫下上衣和內衣褲，緊抱住由宇。

「比剛才更近一點點了。」

「太好了。」

由宇的體溫好近。觸摸他的手腕，感覺得到柔軟的皮膚裡面，血管正在蠕動著。

「我想要見這裡面的由宇。我想要進去皮膚裡面。」

我喃喃道。

「奈月，妳一直這樣說，可是要怎麼做才能比現在還要近？」

只要親吻，就能進入皮膚裡面了。或許這就是大人接吻的理由。我沒想到在少女漫畫上看到的浪漫親吻，居然有著如此動物性的意涵。

可是，我的嘴巴已經被殺死了，沒辦法親吻。

「嘴巴以外的地方也可以親吻嗎？」

我問由宇，由宇說：「額頭還是臉頰嗎？」

「那樣還是要用嘴巴才行啊。」

「對耶。」

我忽然想到由宇身上另一個外露的內臟。

「由宇，把你的內臟放進我的身體，是不是就可以進去皮膚裡面了？」

「內臟？」

我向由宇解釋，由宇好像嚇了一跳。

「那不就是做愛嗎？」

「對呀。可是我從一開始就說了啊，我們要做愛。」

雖然嘴上這樣說，但其實我很害怕。萬一由宇的陰莖就像老師的一樣「骯髒」，那該怎麼辦？

但是，由宇褪下衣物露出來的那個器官，與老師的截然不同。它十分白皙，看起來就像植物的芽。我放下心來。

「把它放進我的身體，我是不是就可以進去由宇的皮膚裡面了？」

由宇歪頭，不安地說：

「不知道。真的做得到嗎？」

我們一起尋找我的胯間應該也有的內臟。好不容易找到它，兩人一起用手掰開黏膜，打開洞穴，慢慢地將由宇的內臟插進裡面。

這時，發生了不可思議的事。

只是內臟的一部分相連在一起而已，我卻在由宇的身體裡面泅泳。

「成功了！進去由宇的皮膚裡面了！」

我呢喃說。聲音沙啞。由宇看起來很難受。

漸漸地，我們不再說話，只剩下呼吸。

我們在彼此的身體裡面游泳著。

我們的呼吸，以和蟲鳴聲及草葉聲相同的速度作響著。

「感覺來到了好遠的地方。」

我勉強用話語告訴由宇。

「由宇，我覺得跟你一起來到了好遠又好近的地方。」

由宇似乎陷溺在我的內臟裡，張大的口中淌下透明的唾液。

我觸摸由宇流出來的液體。

我覺得我自從出生以來，就一直渴望來到這裡。不是秋級、不是那白色的城鎮，也不是太空船，我終於走到了更遠更遠的地方。

比起痛楚，更覺得安心。我們的內臟發出水聲，混合在一起。我在肚腹裡靜靜地品嚐著彼此的體溫。

我聽見由宇規律的鼻息聲。不知不覺間，我們打起盹來了。

我悄悄爬起來，小心不吵醒由宇。結果由宇身上的內臟從我的肚子裡滑了出去。

我把手伸進背包裡。裡面有我三不五時從母親的皮包裡偷來的藥，是母親睡不著的時候會吃的藥。我每次都偷個兩顆，放進吃完的汽水糖容器裡蒐集起來，不讓任何人發現。

很快地，不只是嘴巴，我的身體全部都會被殺死，變成供大人使用的工具。我從很久以前就已經決定好，要在淪落成那樣之前死去。

踏出家門的那一刻，我就決定尋死，再也不回去了。葬禮也是，如果我現在死掉，或許就可以把祖父的墳挖開，把我埋在一起。比起重新挖洞或燒掉，對大人來說應該也省事多了。

藥片裝滿了約一半的汽水糖罐子，看起來就像汽水糖本身。我從容器取出藥片，準備用果汁沖進肚子裡。

「奈月？」

由宇小聲叫我。

「妳在吃什麼？」

糖果——我想這麼回答，但嘴巴裡塞滿了果汁和藥片，說不出話來。

我一回頭，一臉蒼白的由宇便把手插進我的嘴巴裡。

「嗚」的一聲，我吐出嘴裡的東西，由宇喊叫起來：

「全部吐出來！」

由宇好像發現我放進口中的不是汽水糖了。

「奈月，快點！吐出來！」

由宇把手插進我的口中，將半溶化的藥片從嘴裡挖出來。

我想要將湧出來的唾液嚥下去，由宇大叫：

「不可以吞！」

由宇凶悍的態度嚇住了我，我乖乖地含著唾液一動也不動。由宇把果汁瓶塞給我，嚴厲地說：

「用這個漱口，全部吐出來，一滴都不可以喝下去。」

我用果汁沖洗口腔，吐在草地上。

「沒有喝下去吧？一點點都沒有喝到吧？」

由宇再三確認，我點了點頭。

「美津子也做過一樣的事。她都會去醫院領藥，可是有一次她竟然把全部的藥一口氣吞下去。」

「姑姑嗎？」

總算擠出聲音來了。由宇點點頭：

「所以，我必須成為工具，讓美津子活下去的工具。」

「由宇……」

我的聲音啞掉了。

「由宇，你什麼時候要回去外太空？」

由宇垂下頭：

「我大概回不去了。我找不到太空船。」

夜黑籠罩了由宇的臉，看不清楚。

「我們必須不擇手段，掙扎求生才行。」

「要掙扎到什麼時候？」

「要掙扎到什麼時候才行？要到什麼時候，才能夠不必掙扎也能活下去？」

我克制住慘叫的衝動，喃喃問道。

「等到變成大人以後，一定就可以不用掙扎了。」

「真的嗎？」

「一定是的。」

可是姑姑明明是大人，卻必須那樣苦苦掙扎才能活下去，不是嗎？我想這樣說，但把話吞了回去。

「所以奈月，和我約定，一定要活到變成大人。」

「……好，我保證。」

由宇鬆了一口氣似地抬頭，就在這瞬間，一道強光襲向我們。

「你們在做什麼！」

是姊姊在尖叫。

我們赤裸地依偎在一起。

「來人啊！來人啊！快來人啊！！」

匆遽的腳步聲之後，一道道光圈圍攏上來。

不知為何，我的心情無比地平靜。一旁的由宇似乎也是，只是有些刺眼地瞇起眼睛，文風不動。

大人們陷入瘋狂，衝向我們。

「你們……你們在做什麼？」

輝良叔叔周章狼狽地擠出粗啞的聲音。

「叔叔，你不知道做愛嗎？」

我話才一說完，臉頰便承受到強烈的衝擊，抬頭一看，我知道是被父親摑了一掌。

「把她拖回家！先關起來再說！」

我和由宇被拆散，我被推進土倉庫裡。

匆匆一瞥之間，我看見田地那裡，由宇被大人毆打拖行。我從來沒有看過叔叔、姑姑、父親和母親這樣驚慌失措過。這讓我覺得滑稽得不得了。

「妳給我乖乖待在這裡！」

父親吼道。我差點噗嗤一聲笑出來，按捺著笑意說：

「我從剛才就一直很乖啊，吵鬧的是你們吧？」

「少給我強詞奪理，給我在這裡冷靜到明天早上！天一亮就把妳帶回家！」

「到底有什麼好吵的？」

「還說有什麼好吵的……」

聽到我的話，在父親身後手足無措的母親陷入啞然，呢喃說：

「我和由宇做愛，有什麼不行的嗎？」

「你們……你們還是小孩啊！」

「小孩就不能做愛嗎？明明有那麼多大人想要跟小孩做愛，那為什麼小孩和小孩卻不能做愛？」

「奈月！」

父親賞了我的腦袋一拳。我失去平衡，撲倒在土倉庫地上，但還是忍不住輕笑出聲。

「噁心！」

姊姊在母親更後面的地方叫著。

「明明還是小孩子，而且居然跟自己的表兄弟……！」

「奈月，妳給我在這裡好好反省。」

母親規勸地說。

「我沒什麼好反省的。就算把我關在漆黑的地方，我也不怕。」

母親尖叫著撲向我，父親制止她。

「暫時把她關起來吧。關到早上，她就知道怕了。」

土倉庫的門被關上，變得一片漆黑。外面傳來父親和母親的聲音。

「怎麼會做出那種事……葬禮才剛結束……」

「不能再帶她來這裡了。不能再讓她跟由宇見面。」

「我從以前就一直覺得他們兩個黏成那樣，遲早會出問題。啊，真是太噁心了！」

我聽見姊姊高聲尖叫。

「奈月那丫頭突然變得很叛逆……」

「一定是在學校交到壞朋友。她不可能有那種知識。」

大人都為了我不聽話而嘆息，這讓我覺得滑稽極了。

大人拿小孩發洩性慾，然而小孩出於自己的意志做愛，大人卻慌得像蠢蛋一樣，教人好笑到不行。明明你們只是世界的工具。現在這一刻，我的子宮只為了我而存在。在被大人殺掉以前，我的身體都是屬於我自己的。

「應該不會懷孕吧……」

「不，不可能吧……」

姑姑們驚疑未定。要是懷孕就好了。由宇應該還沒有經歷學校教的「初精」吧。我的身體沒有留下任何伊賀崎老師射出來的那種黏稠的液體。

對世界順從的大人，被再也不順從世界的我們嚇壞了。大人們自己也都被麻醉了。就彷彿失去了麻醉前的所有記憶。看著氣急敗壞、幾近瘋狂的大人們，他們在我眼中就彷彿中了邪一樣。

我不曾闔眼，在黑暗中一直坐到天亮。

倉庫的門打開，提著行李的父母和姊姊抓起我的手臂把我拉起來。

「回家了。」

天空才剛亮起。

我想問由宇在哪裡，但他們不可能告訴我，所以我沉默著。

我光著腳被拖行，兩腳沾滿了泥巴。

「我的鞋子呢？」

我問，黑色樂福鞋被默默地扔了過來。

大腿和膝蓋仍沾滿了泥土。父親老是罵說不許髒兮兮地上他的車，但今天他卻默默地把我推進去。母親和姊姊左右夾著我坐在後車座。明明車子一開出去，我就無路可逃了，但母親用力抓著我的手臂，抓得我骨頭都痛了。

車子開了出去。我只朝主屋掃了一眼。窗中有人影，但我不知道那是誰。

車子默默地開在高速公路上，姊姊說想上廁所，車子開進休息站。

「我也想上廁所。」

母親說「妳別想打歪主意」，跟到廁所堵在門口。

進入隔間後，我脫下鞋子。我想起以前常和陽太他們一起玩尋寶遊戲的事。我們會把貝殼或小石頭藏在家中某處，所有的人分頭去找。由宇最會藏東西，而我最會找東西。

早上我一穿上鞋子，立刻就察覺了異樣。我取下鞋墊，不出所料，裡面藏著由宇給我的寶物。是由宇昨晚藏進我的鞋子裡的。

結婚誓約書
1不可以和其他人手牽手。
2睡覺的時候要戴著戒指。
3無論如何都要活下去。
我們發誓遵守以上的約定。

笹本奈月
笹本由宇

是我們結婚時寫下的誓約書。原來由宇一直帶在身上。誓約書的角落以由宇的筆跡潦草地寫著「一定要遵守」。

我背貼在廁所門上，閉上眼睛蹲了下去。眼皮內側是一片黑暗。胯間還殘留著昨天與由宇內臟相繫的感覺。眼皮內側的顏色，就和昨天與由宇浸淫其中的外太空顏色一模一樣。我幾乎要哭出聲來，勉力克制著，不斷地注視著那片黑暗。

3

好像有蟲碰到腳，低頭一看，原來只是運動鞋的鞋帶鬆了。我兩手提著超市購物袋，懶得放下，心想無所謂，繼續往前走。我正走向離自己成長的家徒步約十五分鐘遠的新城站前公寓。

三年前，我在三十一歲的時候結了婚，父母建議我在生長的千葉新城的站前租公寓住。當時我很反抗，因為從千葉通勤去東京都很不方便，而且生活環境一成不變，令人沮喪，然而現在我卻覺得鄰近車站和超市的這裡住起來頗為方便。

我重新提好陷進掌心的超市購物袋，後悔礦泉水應該像平常一樣網購就好了。看到在特價，就忍不住拿了兩瓶。

早上從陽台吹進來的風有些寒冷，所以我穿了薄風衣出門，但走在路上還是覺得熱。都已經快十月了，陽光卻依舊熾烈。

「我回來了。」

總算回到住處，在陽台照顧觀葉植物的丈夫從窗簾間探頭招呼：「妳回來啦。」

「這棵枝幹粗的，泥土好像很乾了。」

「那棵就這樣放到春天不用澆水沒關係。書上說入冬以後，葉子就會全部掉光冬眠，到春天又會再冒出新芽。」

「原來是這樣。植物真厲害。」

丈夫個性直率，對任何事物都會天真地感動。聽到我的說明，他露出彷彿面對偉人銅像般的尊敬眼神，輕輕觸摸枝幹。

「要是去到秋級，包你說不出『植物真厲害』這種話。住在那裡，隨時都有可能被植物吞沒。沒有人維護的房屋和田地，兩三下就會被大自然的力量淹沒了。」

「不管聽妳說幾次都覺得好厲害。像我們家，爺爺奶奶都住在東京，所以每次聽妳描述，都覺得那裡好像夢境。真希望有一天可以去看看。」

丈夫非常喜歡聽秋級的事。他從陽台進入室內，開心地央求我說。

「我還想再多聽一點。啊，對了，跟我說那個，蠶房的事。」

「那只是我聽我叔叔轉述而已，並沒有親眼看過。蠶房在秋級祖母家的二樓，不是很大，不過蠶都從那裡開始飼養。叔叔說，會在那裡放上竹簍，一開始只養在二樓的那個房間，但蠶會吃桑葉，愈長愈大，最後整個家都布滿了蠶繭……」

丈夫沉醉地聽著秋級的種種，就好像在聆聽童話故事。看到他這種反應，讓我覺得叔叔說的事就像是自己的真實體驗，忍不住得意地繼續說下去。

「對了，聽說每到春天，家裡就會買來五隻小雞，養大讓牠們生蛋，過了兩三年以後，就在御盆和過年的時候殺來吃。」

「御盆的話，妳應該也吃過吧？」

「不記得了耶。到我小的時候，秋級的祖母家應該就沒有養雞了。」

「真是太棒了，完全就是在享用生命呢。哪像我，只看過超市包裝好的肉。東京真的很糟糕，完全學不到寶貴的生命情操。」

丈夫就是都市人，所以對鄉下懷有強烈的憧憬。我因為在娘家幾乎不會提到秋級，因此丈夫興致盎然地聽我說，讓我因為懷念而心頭溫暖起來。我一邊和丈夫聊天，一邊煮沸鍋中的水。

「妳今天吃什麼？」

「本來想煮義大利麵，不過還是吃蕎麥麵好了。跟智臣你說著說著，就忍不住想吃了。以前我叔叔說，家裡都會把自己殺的雞和蔥還有香菇一起煮成湯汁下麵吃。應該就像南蠻鴨肉蕎麥麵的吃法吧。」

「真的嗎？聽起來很好吃耶。」

我將一人份的蕎麥麵放入鍋中。丈夫和我即使是今天這樣的休假日，也很少一起吃飯。在這部分，我們也是很輕鬆自在的伴侶。

丈夫大部分都去超商隨便買個便當或飯糰充當一餐。他說他不喜歡母親做的飯菜，所以不太愛吃家常菜。我累的時候也會直接買外食，但也常隨手做些麵點之類的簡單菜色解決一餐。

「我去睡個午覺好了。」

「去吧，難得休假。」

「好。」

雖然想離開生長的故鄉，但住在這裡，我覺得優點是雖然離車站很近，但房租很便宜。所以我們雖然沒有小孩，卻住在二房二廳附廚房的公寓，可以分別擁有各自的臥房。

丈夫一臉睏倦地從冰箱拿出礦泉水喝了一杯，就進去自己的房間了。我很少進去他的房間，但瞄到書架上面擺著他喜歡的書，陳列著他從小珍藏的模型。丈夫和我經常關在各自的房間裡，大半天不出來，但這個家沒有人會像小時候那樣為此嘮叨，滿愜意的。

我坐在餐桌吃了根據叔叔以前的描述和想像做出來的蕎麥麵，還是沒味道。丈夫打開的窗戶吹進帶著秋意的風，吹動了桌巾。

丈夫是家庭餐廳的員工，在都內的餐廳上班，我原本是派遣員工，在出租工程機具的公司當行政。不久前合約剛到期，因為有一點存款，所以我正好整以暇地找下一份工作。如果中間待業太久，可能會在面試的時候扣分，所以我給自己最多兩星期的秋季假期，不過之前的公司經常加班，可以像這樣一整天悠閒在家，我覺得很開心。

有點麻煩的是，公寓附近還有幾個留在故鄉的老朋友。有一些還沒結婚，住在家裡，但也有不少老同學像我和丈夫這樣，租下或貸款買下站前大量興建的小家庭公寓。聽到每個人異口同聲說這裡和都內相比，更容易找到托兒所，而且離老家近，最適合養小孩，我漠然地心想，就像我小學時感覺到的那樣，這裡是最適合養育孩子的「工廠」。

留在故鄉的同學有自己的聯絡網，八卦傳得也快。我一辭職，小靜就傳訊息給我了。

『好久不見♪之前我在永旺遇到妳媽，她說妳現在工作暫時休息☆我現在也辭掉全職工作，在做工時人員♪我固定休週二，方便的話，要不要來我家吃午飯？』

對於想要盡情享受假期的我來說，這個邀約讓人有些提不起勁，但我還是回覆：

『哇！好久不見了！真開心♪　那我帶蛋糕去作客囉☆』

模仿對方訊息的顏文字或文體，是我從小的習慣了。小靜不太常用顏文字，但喜歡用星星或音符記號，所以我也依樣畫葫蘆地回覆。雖然沒有太深的用意，但我覺得只要配合對方的用詞，應該可以減少讓對方不舒服的機率，比方說文字太興奮讓對方覺得煩、或是太簡潔而讓對方覺得冷漠等等。

小靜住在我家公寓附近的高樓華廈。我們高中和大學都讀不同所，因此失聯了很久，但六年前小靜結婚回到故鄉，我們又開始偶爾會聯絡了。

朋友不多的我儘管覺得很麻煩，但每次接到小靜的聯絡，就會感到安心。因為如果她沒有來找我，有時候我會覺得自己好像和丈夫一起被這個世界給拋下了。

我們很快約好時間，決定後天星期二去小靜家作客。

當天我帶著在站前購物中心買的蛋糕，按了小靜家的門鈴。小靜婚後妝變得更濃，但印象還是和小時候差不多，用她天真無邪的笑容迎接我。

「歡迎光臨！奈月，好久不見了！」

我覺得跟以前相比，小靜變得更會打扮了。她一邊歡呼著接下我送的蛋糕，一邊帶我進去客廳。客廳裡的嬰兒床躺著生產出來的嬰兒。每次來到小靜家，我都會想起秋級的

「蠶房」。我把小靜的嬰兒，和據說會一排排放在「蠶房」裡的蠶寶寶重疊在一起了。我會突發奇想：我們是不是也是被看不見的大手所繁殖出來的？

「最近過得怎麼樣？」

「差不多。派遣那邊的新工作，我想找離家近一點的地方。」

「這樣比較好。因為也差不多該考慮小孩的問題了嘛。要挑選盡量不會加班的工作，否則沒辦法兼顧家事，還沒開始帶孩子就先累倒了。」

「在我們家，外子跟我都盡量處理自己的家務。」

我說連衣服都是各洗各的，小靜嘆了一口氣說：

「奈月的老公都願意幫忙做家事，真好。」

「會嗎？」

我和丈夫各自打掃自己的房間，公共空間的客廳、廚房和浴室，則是必須在使用後二十四小時內恢復原狀。我們很少一起吃飯，所以洗碗和打掃都怕造成對方的麻煩。一開始是規定十二小時以內，但我是那種吃完飯立刻就想上床睡覺的人，所以提議延長時限。

如果有小孩，狀況應該會不同，但我認為我和丈夫都因為這項相當單純的規矩而相處愉快。這似乎讓小靜非常羨慕。

「奈月的老公一定會是個好爸爸。」

「哈哈。」

我不經意地拿起膝上的手帕遮住下腹，逃離小靜的「刺探」。

小靜經常若無其事地旁敲側擊，想知道我是不是懷孕了。她總是說「大部分進入穩定期以後就會告訴身邊的人了」，如果看到我喝無咖啡因的茶，或是減少酒精攝取，就會敏感地反應。我要求續杯濃縮咖啡，免得小靜誤會我懷孕。她的表情有些遺憾地拿著杯子去廚房了。

「說這個或許有點早，不過如果有什麼問題，像是找托兒所、想知道不錯的醫院，隨時都可以問我喔。這種事最重要的就是口碑嘛。」

「謝謝，不過目前大概沒這個需要吧。」我說。

「這樣啊。我是不想干涉別人夫妻間的事啦，不過如果要生，最好趁早喔。對了，我朋友現在在做不孕症治療，說她去的醫院超棒的。如果妳有興趣，隨時都可以問我。啊，對了，妳知道有可以調理這方面的中藥嗎？」小靜擺出笑容說。

小靜變了，但也沒有變。她成了大人，但現在依然相信著這個世界。一直是個模範「女人」的小靜讓我覺得耀眼，也覺得似乎很辛苦、很累。

時間到了，小靜必須揹著嬰兒去托兒所接小孩，我也回去自己的公寓。我有點累了，沒有去客廳，而是直接回到自己的房間，在床上躺下。只是去附近和朋友吃頓午餐和蛋糕而已，卻莫名地疲累。我想要換下洋裝入睡，慢吞吞地爬起來，打開衣櫃。

衣櫃裡有個白鐵小盒子。是小時候輝良叔叔在秋級的倉庫裡發現送給我的。我脫下洋裝，輕輕地拿起那只鐵盒。盒子裡裝著比特泛黑的屍體、泛黃的結婚誓約書，還有鐵絲做的戒指。

「波哈嗶賓波波比亞。」

我喃喃細語。感覺戒指似乎閃亮了一下，彷彿與那句咒語般的話起了反應。

自從我和由宇做了那件事以後，我的生活天翻地覆。原本就沉默寡言的父親幾乎再也不和我說話，母親和姊姊輪流監視我。即使上了大學，出了社會，父母仍不允許我離家。

「沒人盯著，誰知道妳又會做出什麼事。不讓妳丟笹本家的臉，是我的職責。」

大學畢業，成為派遣員工時，我要求搬出去一個人住，結果父親看也不看我地這麼說。我服著無期徒刑，被期待成為「工廠」的零件之一。我覺得自己應該無法順利成為「工廠」的零件。我的身體後來就一直故障，即使成了大人，也無法進行性行為。

三年前，剛滿三十一歲的春天，我加入了一個叫「逃脫.com」的網站。這個網站是想要在婚姻、自殺、借款等各方面逃脫世人監視的人，尋找同志或合作對象的園地。

我點選其中的「婚姻」頁面，勾選了「無性行為・不生小孩・登記結婚」等項目，尋找對象。

『三十歲男，住東京　為了逃離家人的監視，緊急徵求結婚對象。想要公事公辦的婚姻生活，家事完全分工・存摺分開・分房睡。希望徹底排除性行為，不想要有比握手更多的肢體接觸。希望對方在公共空間的穿著也盡量避免曝露。』

在勾選了「無性行為」的男性當中，我看到一個格外詳細列出規則的人。這是要與陌生男子僅憑口頭約定，就締結沒有性行為的婚姻，因此愈可以安心的對象愈好。我立刻傳訊息給對方，在咖啡廳面談了兩三次以後，在合意下登記結婚，這就是我現在的丈夫。

丈夫是異性戀者，但說他直到國三都和母親一起洗澡，很厭惡真實的女性肉體。他似乎有性慾，但虛構世界就足以滿足他，他極力避免看到女人的肉體。我沒有詳細聽他說過，但他的父親管教似乎極嚴格，他說如果能透過結婚，逃離受到監視的生活，那就謝天謝地了。

和丈夫登記結婚後，父母和姊姊都高興得近乎詭異。丈夫和我朋友都不多，我也不太想見到親戚，因此沒有辦婚禮。姊姊不停地勸我至少該拍個婚紗照，我也拒絕了。丈夫有個哥哥，但兄弟關係似乎也不太好。這部分也和我的家庭環境類似，讓我覺得輕鬆。

如果能夠，我想離開故鄉，但父母強烈要求，加上夫妻能夠分房睡的物件，都內的租金實在太高，所以最後在我娘家的站前租了公寓。找房子的時候，姊姊也大力遊說用買的，而不是用租的，但我也拒絕了。

與丈夫的生活算是舒適。我們各自用餐，如果有剩餘的食物，有時候會交換。洗衣服也是，我是星期六，丈夫是星期日，只洗自己的衣物。毛巾類原本就各用各的，窗簾、地墊等公共物品，則是幾個月一次，休假的時候一起洗。

此外，自己的房間自己管理，公共空間的客廳、廚房和浴室，使用後必須在二十四小時內恢復原狀，廁所則是週末輪流清掃。雖然有許多規定要遵守，但只要盡了義務，就沒有多餘的負擔，習慣之後反而輕鬆。

沒有任何性接觸，這一點讓我非常安心。丈夫比我還要神經過敏，我原本都穿五分褲當居家服，就連這樣也被他說小腿露出來很噁心，換成了運動長褲。我們甚至沒有握過手，頂多只有拿宅配包裹給對方時，不小心碰到手指而已。

我沒有像小時候模糊地想像的那樣，自然地成為「工廠」的一分子，我們完全逃過了親戚、朋友和鄰居的耳目。每個人都相信「工廠」，被「工廠」洗腦，服從「工廠」。為了工廠而使用體內的器官，為了工廠而勞動。丈夫和我是「沒有被徹底洗腦的人」。沒有被完整洗腦的人，只能不斷地扮演被洗腦的樣子，免得被「工廠」排除。

有一次我問丈夫，為什麼他會加入「逃脫.com」？「契約上不是說不可以打探嗎……？」丈夫顯得有些困惑。

「對不起，這樣問是違反契約呢。」

「不，沒關係。對妳我就可以安心地坦白，真的很奇妙。」

丈夫不是對性愛沒興趣，但他說「性愛不是用來做的，而是用來觀賞的」。他說他喜歡看，但要流出各種體液，和別人肢體纏繞在一起，令他毛骨悚然。此外，丈夫還很厭惡工作。這樣的心態會反映在工作態度上，讓他沒辦法在同一家公司做很久。

「其實人都是討厭工作和做愛的。只是受了催眠，認為工作和性愛是美好的罷了。」

丈夫總是這麼說。

丈夫的父母、哥哥嫂嫂還有朋友，偶爾會來偵察「工廠」的狀況。我和丈夫的子宮和精巢被「工廠」無聲地監視著，沒有製造出新生命的人，如果不裝出正在努力嘗試的模樣，就會被默默地施壓。沒有「製造」出新人物的夫妻，必須透過工作，表現出自己有在貢獻「工廠」的樣子。

我和丈夫屏著呼吸，躲在「工廠」的角落生活。回神一看，我已經三十四歲，自從與由宇的那一晚之後，二十三個年頭過去了。即使都過了這麼久的時間，我依然在工廠的角落，不是自然地活著，而是掙扎著求生。

星期一，丈夫被出社會後就職的第七家公司開除了。

「這根本違反勞基法，我一定要報復！」

不會喝酒的丈夫藉可樂澆愁，氣到全身發抖。

很多時候都是他覺得待不下去了，自己轉職，但這是第一次被公司開除，因此我也很驚訝。丈夫一年前進入餐飲公司任職，但他挪用店內保險箱的錢去打柏青哥，結果東窗事發。聽完丈夫的說明，我覺得沒被扭送警局法辦已經是萬幸，就算被公司開除也是沒辦法的事。

「我是把錢拿去錢滾錢，最後都有好好還回去啊！用店裡的錢有什麼不對？這根本太離譜了！」

「在『工廠』，如果違反規定，就會受到嚴厲的制裁。沒辦法了，只好再找下一份工作吧。」

丈夫趴在沙發上，把臉埋進靠墊裡說：

「又要回到被老爸臭罵的生活了。真想逃得遠遠的。」

「隱瞞你打柏青哥的事，委婉地說明吧。我會幫你的。」

「我好想死。」

「你在說什麼啊？」

「不，我真的想要一了百了。我想要在死前擺脫『工廠』，成為自由之身再死。」

我想要勸阻，但想不到有什麼理由可以將丈夫留在這個世界。

如果丈夫有什麼喜歡的事物、想做的事情就好了，但也沒有。然而丈夫和我卻都活到了今天。

如果問我是為了什麼而活，我也說不上來。

「我想在死前去到遙遠的地方。對了，我想去妳跟我說過的秋級的家。那裡一定比我想像的更棒、更美好……」

丈夫陶醉地說著，我慌了起來。看來隨口提起的種種回憶，讓秋級在不知不覺間變成了丈夫的烏托邦。

「那裡呃，很遠，而且現在是我叔叔在管理，不方便去……」

「是啊，那裡跟我沒有任何關係嘛。可是為什麼呢？比起我去過的任何一個地方，那裡更讓我懷念不已。一次就好，我好想在死前吃一次『酸葉』……」

丈夫閉上眼睛，彷彿靈魂飛到了秋級，我忍不住開口：

「呃……那週末我回娘家，問問看我媽怎麼樣？不過那裡現在是我表兄弟在住，應該沒辦法，所以你不要期待喔。不過如果我表兄弟已經搬走了，或許可以住個兩、三天……」

「真的嗎？」

「呃，我是覺得應該沒辦法啦。不過我還是會問問看，要不然也可以去附近的旅館……」

「哇！要是真的可以去秋級，不知道會有多棒……！我要睡在『蠶房』，也想去閣樓看看！我也想去妳們『送火』的河邊。啊，如果可以去到那裡，我的靈魂一定可以獲得救贖……！」

「呃，我真的覺得希望不大，因為我家以前跟親戚鬧出過一點問題……」

為了避免歡欣的丈夫過度期待，我這麼解釋，但又覺得如果能讓他這麼開心，即使沒辦法住在秋級的祖母家，或許也能下榻附近的旅館，去那裡散散步。

直到剛才還臉色鐵青的丈夫，現在已雙頰潮紅，比手畫腳地興奮極了。我在他身上看到了暑假在祖母家的簷廊歡鬧的小學生的自己。

「智臣因為工作被開除，好像累了。他一直說想去鄉下住一段時間。」

週末，我時隔許久地回娘家，提心吊膽地探口風說。

「咦，智臣心情很低落嗎？真令人擔心～」

自從有了外孫女以後，母親說話都會拉長尾音，聽起來很黏膩。

房間沙發傳來外甥女的哭聲。在距離娘家五站的地方買了公寓的姊姊，今天帶女兒回娘家，讓母親看看外孫女。

「所以，呃，如果沒辦法就算了……」

我支吾其詞，又閉上了嘴，覺得還是沒辦法說出口。

「怎麼了？」

「呃，就是，我們在討論要不要出門旅行幾天。」

「咦，好好喔，頂客族真優雅。」

姊姊撫摸著女兒的背說。

「貴世。」

母親責怪，姊姊聳了聳肩。

「不過媽也覺得旅行這點子很不錯。對吧，小花？」

母親突然把臉湊過去，外甥女嚇得扭動身體，抱住了布偶。

「我有個朋友，一直沒有生小孩，後來下定決心請了長假，夫妻倆悠閒地在別墅住了段時間，結果馬上就懷孕了呢。在充滿大自然的環境裡，果然還是比較容易懷孕喔。」

「是啊，或許不錯呢。妳們有想要去哪裡嗎？」

我反射性地搖頭：

「沒有。不過去泡溫泉應該不錯，可以放鬆。」

「咦，溫泉很棒啊！妳們也沒去蜜月旅行嘛。就好好去享受一下吧。」

聽到母親的話，我「嗯」了一聲，馴順地點頭。

自從小學我和由宇鬧出那件事以後，父母在家幾乎絕口不提包括由宇在內的任何親戚，一直持續到我成人。我國三的時候，祖母過世那時候也是，父母說「妳是考生」，沒有帶我去參加葬禮。後來我偷聽到姊姊和母親在聊，說和我同年的由宇有去參加。

我三年前結婚以後，這種狀況依舊沒變。不過應該是多少放下了戒心，他們會聊起輝良叔叔和美津子姑姑的事，聽到美津子姑姑多年前就已經過世，我很驚訝，但他們沒有提到兒子由宇怎麼了。

父母不在的時候，姊姊會裝作若無其事的樣子，向我提起由宇的近況，看起來也像是在刺探我是不是到現在依然會對由宇有反應。每次聽到姊姊說由宇的事，我總是努力固定面部表情。因為父母絕對不會提起由宇，因此即使只是在刺探我，姊姊的話仍是寶貴的消息來源。

姊姊說，由宇讀大學的時候一個人住在東京，姑姑過世以後，就賣掉了山形的家。由宇的大學學費是輝良叔叔資助的，這件事似乎讓姊姊很不滿，但原來由宇住在比山形更靠近這裡的地方，這個事實更令我內心波瀾起伏，但表面上我裝作興趣缺缺，只是沒勁地「是喔」了一聲。

聽說由宇畢業後進入男性服飾批發公司，認真工作。我想到由宇以前都會乖乖寫暑假作業，心想他在工作上一定也都埋頭苦幹。

約一年前，姊姊告訴我由宇上班的公司被其他品牌合併，由宇自願離職了。

「經濟不景氣嘛，早點離職，離職金好像比較多，所以他主動離開的樣子。說他運氣不好是沒錯，但他也是很精明的呢。聽說他計畫領失業保險金，所以現在暫時住在秋級的祖母家。」

「秋級的祖母家……？」

對於由宇的話題，我向來不做任何反應，但聽到懷念的地名，還是忍不住出聲了。

「對啊。叔叔從以前就莫名地寵他嘛。他好像跑去向叔叔哭訴，說想要在最喜歡的外婆家暫時休養一下身心。叔叔也太天真了，依我看啊，由宇一定是打算就這樣賴在那裡不走。他好像還拿了離婚的父親的遺產，等著坐吃山空喔。真的不曉得他在想什麼。美津子姑姑常說由宇就像外星人，搞不懂他，真的就是這樣呢。」

「是喔。」

我勉強應道，低著頭免得被看到表情。

後來一年過去了。就像姊姊說的，由宇沒有找工作，還住在秋級的祖母家。

這時，家裡的電話響了。

「哎呀，好久不見！是、是……咦，什麼？呃，去秋級？智臣這樣說嗎？」

聽到丈夫的名字，我嚇了一跳，動嘴唇問母親是誰打來的？但母親好像一頭霧水，握著話筒，不停地行禮。

「是、是，不會，我們完全沒關係的。是、是……」

母親掛斷電話後，困惑地對我說：

「呃，智臣他媽說智臣要暫時住在秋級，拜託我們照顧了，喂，這是怎麼一回事？」

「咦？婆婆那樣說嗎？」

我大吃一驚。

「喂，那裡現在……」

「我知道。智臣……他很想去，可是我有跟他說不太可能。」

「那他媽怎麼會打這種電話來？」

「我也不知道啊。智臣可能誤會什麼了。回家以後我會跟他解釋清楚。」

姊姊抱起女兒，挑釁地說：

「要去就去啊，有什麼關係？秋級是最適合奈月去蜜月旅行的地方嘛。」

「貴世！」

母親厲聲罵道，但姊姊滿不在乎地看著我：

「有什麼關係？既然由宇可以住在那裡，奈月也有權利住那裡。由宇也是，未免太厚臉皮了。就算叔叔說好，居然也不付房租，一直賴在那裡，怎麼不把他趕走算了？」

聽到姊姊的話，母親一臉為難：

「那個家是妳輝良叔叔繼承的，他要讓誰住，我們家都沒有資格過問。」

「由宇是美津子姑姑的兒子，跟輝良叔叔又沒關係。姑姑過世以後，叔叔就莫名地寵由宇，可是我總覺得由宇好像在覬覦家產，怪討厭的。」

「那種破房子，就算賣掉也不值幾個錢啦。」

母親苦澀地反駁。

我覺得如坐針氈，但又不能離開房間，只能默默地站在客廳裡。

沒想到真的會去秋級。我在新幹線裡看著開心地吃著便當的丈夫，嘆了一口氣。果然是丈夫曲解了我的話，然後轉告婆婆。光是可能可以去秋級，似乎就讓丈夫喜上雲霄，不小心說溜了嘴的樣子。

親戚間電話打來打去，就像在牽起聯絡網，母親和父親也嚴肅地討論我們真的可以住在祖母家嗎？是不是應該叫由宇暫時去別的地方比較好？

結果父親的大姊理津子姑姑說，那都已經是過去的事了，而且我是跟丈夫一起去，應該不會有問題。

「那個時候奈月也還只是個孩子啊。她一直都沒辦法去奶奶的墓前上香，不是很可憐嗎？我到現在都還是很後悔，覺得葬禮那時候應該要讓奈月一起來送奶奶的。大家都已經這麼大了，老是提過去的事又能怎麼樣？爺爺生前唯一的樂趣，就是聽到那個家裡有孩子的歡笑聲。但是自從那之後，就連御盆時期，老家都一片冰清鬼冷的，爺爺奶奶在墓裡一定正覺得寂寞，就讓奈月去看看爺爺奶奶吧。」

理津子姑姑不太干涉親戚間的問題，但一旦開口，一言九鼎，連輝良叔叔都無法違抗。父親和母親也勉為其難地答應我和丈夫去秋級了。

「如果可以叫由宇暫時去別處就好了，可是他東京的公寓好像也已經退租了，他現在無家可歸。但是要我們出錢讓他去住旅館，也太荒謬了。」

母親好像很討厭由宇，語氣不耐，彷彿連提到他的名字都會弄髒了嘴。相較之下，父親冷靜許多，態度意外地淡定：「那個家那麼大，而且智臣也在，不會有事的。」

丈夫悠哉地看著窗外，完全不知道事前笹本家因為電話親戚大會而搞得人仰馬翻。

「啊，真是太期待了……！居然真的可以去秋級，簡直就像做夢一樣！」

要前往秋級，必須從長野站坐公車或開車。公車一天只有一班，所以輝良叔叔到車站來接我們。

「真是太不好意思了，如果我或是妳會開車就好了。」

「就算會開車，開不慣那條山路的人還是很危險。我媽也有駕照，可是每次上山，都一定會換我爸開。那條路就是這麼險。」

「哇！我好興奮啊！我從小學露營以後，就再也沒有去過山上了。我們家幾乎不會出門旅行，所以除了學校活動以外，搞不好這是我第一次出遠門呢！」

雖然心情沉重，但看到丈夫樂不可支的模樣，我又覺得或許這趟來對了。

丈夫看著窗外喃喃：

「奈月，謝謝妳。我是真的想要一死了之。不過在那之前，可以像這樣和妳一起離開『工廠』，真的太好了。」

丈夫也許是睏了，倚靠在我身上。對於幾乎沒有肢體接觸的我們來說，這個真的是很難得的事。我感受著肩上丈夫頭部的重量，看著窗外。隧道一座接著一座，顯示山區已經近了。

抵達長野站時，叔叔已經在驗票口等我們了。

「謝謝你特地來接我們。」

叔叔的頭髮整個白了，我第一眼沒認出他來。揮手喊著「奈月」的身影，比起二十三年前的叔叔，看起來更像祖父。

「奈月總是向我提起秋級的回憶，沒想到真的可以來到這裡，簡直就像做夢一樣，真是太感謝了！」

「哪裡，聽到你這樣說，我很高興。那裡現在已經變成所謂的極限村落，到處都是空屋，相當蕭條。知道有年輕人特地來玩，爺爺一定也會很開心的。」

叔叔變得比記憶中的更矮小。我覺得是因為距離小學那時候，我已經長大了，但感覺不光是這樣而已。

「要不要先去哪裡吃個飯？秋級那裡沒有半間店家，在鎮上買食物過去比較好。」

「謝謝。可是我也這麼猜，該準備的東西都準備好了。」

我舉起肩上的大旅行袋說，叔叔微笑：「不愧是奈月，準備得真周到。」

「我可以去上個洗手間嗎？」

丈夫跑去廁所後，叔叔說：「這裡應該比東京冷多了吧？妳可以先去車子裡面等。」

「不會，沒關係。我也預料到這一點，帶外套來了。」

「這樣啊。奈月也很熟悉秋級的氣候嘛。」

叔叔眼角擠出笑紋說。

「……由宇那邊，我跟他說過了。由宇本來說要暫時去其他地方住，可是因為有點突然，找不到可以借住的地方。」

「對不起，突然跑來打擾。」

「不會啦。那個家也是，奶奶過世以後就一直空著，很冷清。也有親戚說要趁屋子倒塌之前拆掉算了，所以由宇說想住在那裡的時候，我很高興，總覺得好像回到了從前。因為妳和由宇都非常喜歡那個家嘛……」

叔叔瞇起眼睛，緬懷過去似地喃喃道，然後低下頭說：

「……那個時候的事，我覺得很對不起妳們。」

我忍不住抬頭。

「妳們只是小孩子，什麼事都不懂，只是這樣罷了，然而大人卻都亂了陣腳，只想把這件事掩蓋起來，裝作沒有發生過。大人實在是既粗暴又傲慢。」

「不會……呃，我現在也已經長大了，可以理解大人的苦衷。叔叔們並沒有錯。」

「呃……那個時候的事，妳先生知道嗎？我這樣問或許是多管閒事……」

「他沒問題的。」

我斬釘截鐵地說，叔叔聞言似乎稍微放心了，微笑說：「……看來，妳找到一個很棒的丈夫呢。」

「還好嗎？會想吐嗎？」

我問丈夫，丈夫用手帕掩著嘴巴，呻吟地說：「……還好。」

叔叔駕駛的車子，靈巧地在連護欄都沒有的髮夾彎上拐著彎。山路比記憶中的更險更窄，每次過彎，我和丈夫的屁股就在後車座上滑動，擠壓彼此的身體。

「不習慣的人很難熬對吧？要不要在哪裡停下來休息？」

「不用，我可以。」丈夫說。

「這樣嗎？如果撐得住，一口氣開到底反而比較輕鬆。這些彎道，不習慣真的很難受呢。奈月還行嗎？」

「嗯，我沒事。」

我挺胸回答，但事實上，比記憶中更狹窄曲折的山路讓我內心七上八下，擔心會不會墜崖而死。不過我不想被叔叔認為我因為住在都市，就忘了秋級的山有多險峻。

「不愧是奈月。」

叔叔高興地說。比起剛闊別重逢時，緊張的氣氛減少了一些，我覺得叔叔變回了小時候那個特別疼我的、令人懷念的叔叔。

「再過三個彎就到秋級了。再忍一下就到了。」

樹葉掃過車窗。感覺綠意比過去更逼近人車。我就像小時候那樣，貼在車窗上注視著綠意。穿過宛如綠色隧道的蜿蜒道路，來到耳朵鳴響作痛的高度時，視野忽然豁然開朗。

「好了，到了。奈月，智臣，歡迎來到秋級。」

聽到叔叔這話，淚水差點奪眶而出。

記憶中的小紅橋另一頭，是無數次在腦中播放的秋級景色。

丈夫歡欣得彷彿忘了暈車之苦，叔叔為他把車子停在紅橋旁邊。

「叔叔，這條河是以前送火迎火的那條河嗎……？」

我一下車，便忍不住跑近這條又小又淺、實在稱不上河流的水渠。

「是啊，妳不記得了嗎？」

「我記得它還要更深更大……小時候我好像穿泳衣在這裡游泳過。」

「有嗎？這條河的水這樣太淺，沒辦法游泳，叔叔小時候都會和朋友一起堆石頭把水擋起來，儲水之後在裡面游泳。妳們來的時候，或許也像那樣游泳過吧。」

「這樣嗎……？」

聽叔叔這麼一說，我依稀想起叔叔用石頭為我們築壩的事。我以為秋級的事我都記得一清二楚，其實有許多地方早已變得模糊。

圍繞村落的山脈，比記憶中的更要雄偉。印象中總是綠色的山地，許多地方都開始染上秋紅。記憶中在更遙遠的地方的祖父的墓地，其實隔著一條河就可以看到。

「電線桿不是木頭的了……」

「對，以前是木頭的呢。妳記得真清楚。手機訊號還是一樣收不到，不過孫輩來玩的時候很不方便，所以親戚也在討論要不要裝天線。」

「咦，秋級以後就可以打手機上網了嗎？」

我一直浸淫在記憶中的秋級，因此感覺就好像突然時空跳躍了二十三年，無法將眼前的景象和記憶中的契合在一起，踩著虛浮的步伐經過河邊的路。有些地方如同記憶，也有些地方不同，就好像闖進了平行時空一般，感覺很不可思議。

「看到了。妳還記得嗎？」

叔叔指的方向，是令人懷念的土倉庫。

土倉庫和記憶中的一樣。我忍不住直奔過去。

「我記得！跟記憶中的一樣！」

「這樣啊。妳們小時候常常躲在土倉庫裡玩捉迷藏什麼的嘛。」

叔叔瞇起眼睛說。丈夫跟在後面用手機拍著照片，歡呼著：「哇，好棒，太棒了！」

走上土倉庫前的小徑，就看到庭院和主屋了。庭院比記憶中的小了許多。再過去的主屋，現在看起來依然很大，因為曾經長期無人居住，屋頂和柱子看起來有些腐朽了。

可能是沒有門鈴，叔叔敲打玻璃門：

「由宇，我們來了！」

沒有回應，屋中一片寂靜。

「真奇怪，昨天已經打電話說今天中午會到了。」

叔叔說要去後門看看，爬上屋子旁邊被雜草覆蓋的斜坡。

我和丈夫留在門口。或許由宇不想見到我，所以臨陣脫逃了。總覺得被背叛一樣。

「蟲要跑進去了。」

丈夫喃喃說。望過去一看，門開了一條縫，沒看過的綠色昆蟲正要爬進家裡。

我輕輕抓住門板，想要讓蟲離開，結果門毫無抵抗地打開來。蟲子被門的振動嚇得飛走了。

「……午安，有人在嗎……？」

我提心吊膽地招呼著，走進玄關。

陰暗的玄關很大，如果是在東京，光是這裡的空間，就可以成為一戶套房了。約六張榻榻米大的玄關裡，擺著幾件農具、斗笠、水管、煤油桶和長靴。並排的長靴都蒙了一層灰，其中只有藍色運動鞋是新的，如果這雙鞋是由宇的，那他應該在屋裡——正當我這麼想，玄關旁邊的樓梯傳來了吱呀聲響。

「……歡迎光臨。」

由宇現身，細聲細氣地說。

自從最後一次見到由宇，已經過了二十三年，然而他給人的印象卻沒怎麼變。手腳變長了，但髮型一樣，長相也沒什麼變化，與記憶中的由宇容貌沒什麼偏差地重疊在一起，反而讓人覺得古怪。

「呃，我是你的表姊妹，笹本奈月。」

我覺得我的外貌已經不同了，所以鄭重其事地自我介紹。由宇微微瞇眼，小聲喃喃：

「奈月……？」

「啊，我是做她丈夫的。」

丈夫做了奇怪的自我介紹，低頭行禮。

「輝良叔叔去後門那邊了……」

「啊，抱歉，那邊的入口鎖起來了。我這就過去。」

「那個，輝良叔叔說他昨天打過電話……」

我看到由宇煞有介事地穿著白襯衫，擔心他是不是正要出門。

「嗯，我聽說了，妳們夫妻要暫時住在這裡對吧？」

「會不會給你添麻煩？」

「怎麼會？而且這裡本來就不是我的房子，妳們請自便吧。」

由宇微笑，打開紙門。紙門裡是小孩子經常一起玩耍的起居室。

「先請進吧。我去後門那裡看看。你們進來休息吧。雖然很亂……不過這裡不是我家，說請進好像也很怪。」

由宇拿出拖鞋給我和丈夫，往浴室走去。小時候的我不知道那裡有後門。

丈夫和我忐忑不安地提著行李進入屋內。

由宇的態度很自然，彷彿不曾發生過那件事，讓我鬆了一口氣。丈夫喃喃說：

「有股動物的味道。」

是指有動物跑進來嗎？還是家中有人的氣味？我不知道丈夫確切的意思。

「哇，好懷念！」

起居間有暖桌、放祖母的東西的櫥櫃和電視。我記憶中的電視是老舊的旋鈕式，但現在已經換成了最新的薄型電視。

「哇，好厲害！這房間就跟我想像中的一模一樣。這邊是簷廊嗎？」

丈夫激動萬分，這時叔叔和由宇進來了。

「你們遠道而來，辛苦了。喝茶好嗎？」

「謝謝。」

「啊，我要回去了。我孫子來家裡玩，我得在晚飯前回去。」

聽到叔叔的話，我和丈夫慌忙行禮：

「謝謝叔叔這麼忙還特地送我們過來。」

「不會不會，沒關係的。看到這個家又熱鬧起來，我也很欣慰。」

叔叔布滿皺紋的臉露出微笑，以熟練的動作趿上拎到玄關的鞋子，揮揮手離開了。

叔叔的車聲遠去後，屋內驀地安靜下來，我覺得僵窘，若無其事地向由宇攀談：

「這個房間是這種大小嗎？我記得晚上小孩子都聚在這裡玩撲克牌……」

擺了暖桌的起居間感覺相當狹小，無法容納那麼多孩子。

「我一開始也覺得比記憶中的小多了。」

由宇說，露出笑容。

三人一起坐到暖桌旁，喝著茶，吃著由宇端出來的羊羹。由宇也端出「藻羹」來，對我丈夫說「請嚐嚐長野的特產」。他簡單說明屋內狀況：

「等一下我再帶你們去看，廁所和浴室在走廊那邊，廚房在這後面。水是山泉水，我覺得很乾淨很好喝，但如果擔心衛生問題，我下山的時候可以買礦泉水回來。公車一天只有一班，所以採買由我負責。需要什麼都儘管說。」

「不能網購嗎？」丈夫問。

「沒有店家願意送貨到這裡吧。我甚至不知道這裡哪一戶有網路。也沒有移動超市。計程車也是，這裡太偏遠了，除非是知道秋級怎麼走的司機，否則可能會拒載。為了預防萬一，這邊有當地計程車的電話號碼，不過想去哪裡的時候，我可以開車，隨時都可以跟我說。」由宇說。

「這裡沒有手機訊號，但紅橋過去之後收得到一點訊號，如果要傳訊息什麼的，可以走過去那裡試看看。平常打電話用這個轉盤電話，號碼寫在這裡。」

「好的。」

「就像你們看到的，這個村落連一家店都沒有，也沒有自動販賣機。需要什麼，都要開車下山買。就算下去市區，也得開很遠的路才有便利商店。公路休息站蔬菜滿齊全的，而且也有當地超市，我都去那裡買食物。叔叔給我的蔬菜和米，就放在廚房旁邊的土間，想吃什麼就自己拿。梨子應該還有不少。」

丈夫興奮地問由宇：

「不好意思，什麼是『土間』？」

「就是屋子裡沒有鋪地板的房間……你看了應該就知道了。」

「等一下也可以去看閣樓嗎？」

丈夫問，整個身體往前傾。

「可以啊。你真的很喜歡鄉下屋子呢。」

由宇微笑。

「廁所在奈月小時候是傳統的乾式蹲廁……我們都叫它噗通廁所，不過現在還是一樣，上的時候要小心。浴室熱水器是瓦斯，這也跟以前一樣。」

「我們要睡在哪裡？」

「哪裡都可以。」

由宇指著圍繞起居間的紙門說。

「這一邊有兩間和室，那邊是佛壇房間。你們在屋子裡四處看看，喜歡哪個房間就睡哪裡吧。我現在睡在二樓前面的房間，所以除了那間以外都可以。」

聽到由宇的話，丈夫激動得幾乎要站起來。

「那裡是『蠶房』嗎？」

「不是，有蠶的應該是上樓以後後面的房間吧……？你真的很清楚呢。是奈月告訴你的嗎？」

由宇問我，我「嗯」地點點頭。

「這樣啊。妳居然還記得蠶的事。反正，除了二樓前面的房間以外，哪裡都可以睡。不過你們夫妻一起的話，大房間比較好吧。」

「啊，關於這件事，可以的話，我們想要分開睡。」

丈夫抱歉地說。

「我們和一般的『夫妻』不太一樣。我們雖然有夫妻關係，但是沒有睡在一起……」

「什麼……？」

由宇不解地歪頭，我也加入說明：

「我睡大通鋪也沒關係，所以和外子同一間臥房也無所謂，可是外子不太喜歡……我們去旅行的時候，也都訂兩張單人床的房型。如果由宇沒在用，就讓他睡這邊祖母以前睡的房間吧。我睡哪裡都行，蠶房可以，佛壇房間也行。」

「呃，好……」

見由宇滿臉疑惑，我和丈夫對望。丈夫說：「既然要一起生活一段時間，好好說明一下我們的關係是不是比較好？」

「是啊。」我點點頭。

由宇不安地交互看著我們夫妻的臉。

「你還記得波哈嗶賓波波比亞星嗎？」

我說，一旁的丈夫開心地吃著藻羹。小時候我討厭「藻羹」，現在吃起來卻覺得口感清爽美味。

「……嗯，記得。」

由宇沉默了一下，瞄了丈夫一眼，點點頭說。

「後來又過了一陣子，我發現原來我其實也是波哈嗶賓波波比亞星人。是比特告訴我的。這件事我有告訴外子。可是，太空船已經不在了對吧？所以我只能死心塌地地做個地球星人了。我以為只要等我長大了，世界就會把我洗腦，但結果並沒有。我有點累了，決定暫時待在這裡休息一下。這裡的話，離星星也很近。」

由宇再次瞄了丈夫一眼，點了點頭。

「原來是這樣。我都不知道。」

「我並不特別愛內子，但為了逃離『工廠』的監視，我和她締結了婚姻關係。我和內子不一樣，我非常害怕被洗腦。『工廠』真的很可怕。因為『工廠』會把我們變成奴隸。」

「不好意思，你說的『工廠』是指……？」

由宇小心翼翼地措詞，詢問丈夫。

「啊，我們都這樣稱呼我們生活的世界。因為不就是這樣嗎？我們是以肉體相連的零件，只是不斷地製造小孩，將基因傳遞到未來的部件。我從小就隱約對這件事覺得很恐怖，認識內子以後，更明確地認識到這一點，可以信心十足地斷定這太奇怪了。」

丈夫撫摸著自己的眼皮，說：

「對，因為認識了內子，我也下載了『外星人的眼睛』。」

「外星人的眼睛……？」

由宇顯得困惑，我盡可能仔細地說明：

「也就是從外星人的角度看這個世界的觀點。應該每個人都有，只是平常看不清楚而已。」

「對，我原本就有。現在比起內子，我的『外星人眼睛』似乎看得更清晰。」

我們夫妻連珠炮似地說著，似乎讓由宇相當迷惑。

「……這樣啊，你們夫妻的價值觀很接近呢。」

「不，你所說的『價值觀』，也是『工廠』的洗腦。內子似乎一直很想被工廠徹底洗腦，不再當波哈嗶賓波波比亞星人，而是做為地球星人活下去，但我不一樣，我想要珍惜這雙外星人的眼睛。」

丈夫上身前傾，興沖沖地說著，由宇朝我瞄了一眼，就像在求救。

「智臣，先冷靜點，你嚇到由宇了。」

丈夫驚覺，抱歉地重新坐好。

「不好意思，因為平常我都忍住不談論這些，屏住呼吸，免得被工廠的人發現……」

丈夫和我不同，非常痛恨「工廠」。我則是認為反正太空船已經不在了，也不能回母星，想要乾脆被洗腦算了。

「由宇，你沒有這樣想過嗎？這個世界是工廠，自己是外星人。」

丈夫問，由宇淡淡地微笑：

「從來沒有。小時候或許曾經這樣幻想過，但我現在已經長大了。我是如假包換的地球人，一輩子都不可能離開這個星球。」

入夜以後，由宇說難得我們來，要下山去買更有長野當地風味的食材，但我們說這樣太不好意思，翻了一下冰箱和土間，做了簡單的火鍋。

丈夫切菜，由宇從電鍋盛飯。我找出自己和丈夫要用的餐具洗乾淨。

「這杯子好懷念。」

小時候來祖母家，我經常和其他孩子為了要用藍花還是紅花的杯子而吵架。我喜歡藍花，覺得比較成熟，但陽太說他也說要藍花，不肯相讓。

「懷念？有嗎？小時候有用過這杯子嗎？」

「有啊。每次我都跟陽太搶，還把他弄哭過。你不記得了嗎？」

「不記得了呢。陽太現在住在上田，有時候會過來。前陣子他生了女兒，等那孩子再長大一些，可能會過來這裡玩。」

「如果親戚的孩子們就像我們以前那樣，也都過來這裡玩就好了。」

「是啊，希望有一天能夠如此。」

丈夫沒有加入我們的對話，將切好的菜拿到起居間去。丈夫不喜歡小孩和親戚的話題。他認為重視血統、喜歡家族團聚，都是「工廠」的一種「洗腦」，極為排斥。或許確實是有這樣的一面，但我也很好奇繼承祖父基因的孩子們會是什麼樣的長相。也許是因為我受到的洗腦比丈夫還深，更接近地球星人。

「奈月好像被冷凍起來一樣。」

「有嗎？」

「這裡的事，妳都記得一清二楚。」

「會嗎……？」

也有些地方和記憶不同，令我困惑，但由宇不覺得吧。由宇將盛好的飯碗擺在托盤後離開廚房。留下的我擰開水龍頭清洗杯子。冰涼的山泉水在手背上反彈，濺濕了上衣。

用完簡單的晚餐後，我們回到各自的房間入睡。

討論之後，由宇繼續睡在二樓前面的房間，丈夫睡在「蠶房」。丈夫開心極了，說「好像做夢一樣」。我則是睡在佛壇房間。香的味道很舒服，而且裡面的和室太大，睡起來反而不自在。

我從二樓搬來鋪蓋，鋪在榻榻米上。裝蕎麥殼的枕頭觸感令人懷念。仔細想想，好久沒有睡在木頭建築物裡了。天花板微微發出擠壓聲，或紙門傳來振動聲，感覺得到屋子裡有兩隻自己以外的動物在活動。閉上眼睛，不同於夏日的秋季蟲鳴聲從窗外蜂擁而至。我聆聽著二樓傳來的吱呀聲，不知不覺落入了夢鄉。

4

我和由宇做了那件事，從長野被帶回家之後沒多久，我就在伊賀崎老師家殺死了「魔女」。

那時候的事就像一場白日夢，我記憶模糊。從秋級被載回家以後，我被關進自己的房間。房門外裝了個大鎖，如果家裡的人全部出門了，就會把門鎖起來，就連我想上廁所，都必須忍耐到姊姊或母親回來才行。和朋友講電話的時候，姊姊或母親也會在一旁監視，懷疑對方是不是由宇。直到暑假結束，我幾乎每天都關在房間裡度過。

日復一日，我在陰暗的房間裡，注視著和由宇成對的戒指和結婚誓約書。漸漸地，發生了不可思議的事。我看到變身粉盒和折紙做的魔法棒灑出滿滿的光珠，比特說話的聲音也變得一清二楚。邪惡組織施下的魔法剛解除的時候，比特不停地對我說話。

我問比特，這是不是我身為「魔法少女」的能力變強了？『沒錯！』比特以鮮明的聲音回答說。

但另一方面，我的「嘴巴」依然沒有恢復。即使進食也食不知味，吃飯變成了毫無樂趣的事。即使被叫去一樓吃飯，我也幾乎食不下咽，一下就回房間了，母親嘆氣：「這孩子就是這麼叛逆。」

「妳要去上補習班的強化課程。」

就在我咬了一口沒味道的漢堡排，準備回去房間的時候，母親對我說。這時距離祖父的祭日已經過了一星期。

「為什麼？我不是不能離開房間嗎？」

「又在給我強詞奪理。是叫妳去補習班。要是敢給我晚歸一分鐘，我會立刻報警。」

日期的感覺變得模糊，我回去房間看了一下月曆。「倒數三天」、「倒數二天」，月曆上還留著御盆前的倒數計時。去秋級的那一天寫著小小的「結束」，接下來的日期一片空白，什麼都沒寫。我想起自己真的打算在那一天結束一切。

翻書包拿出補習班的通知單一看，強化課程是三天後開始。前一天晚上伊賀崎老師打電話到家裡來，我在二樓聽見母親大聲回話。

「啊，老師，謝謝你特地打電話來！真是不好意思，家族有人過世，所以帶小孩回去夫家那裡。當然，老師的強化課程，去年對奈月幫助很大。我們家奈月最喜歡上老師的課了。好，好，我會好好轉告她。」

母親硬要我接電話，我把話筒按在右耳，聽見老師快活的聲音：「我等妳。」老師的吐氣聲穿過話筒罩住了右耳，我一動也不能動了。

從這天開始，不只是嘴巴，我連右耳都故障了。雖然不是像嘴巴一樣徹底壞掉，但有時候會聽不見就在前面的聲音，反而是聽到波浪般的聲音，或是響個不停的電子嗶嗶聲。而比特的聲音就好似呈反比一樣，變得愈來愈清楚。

我全神貫注地練習魔法。特別努力練習的是靈魂出竅的魔法。只要能讓靈魂出竅，或許可以去到遙遠的地方。但靈魂出竅的魔法一直沒有成功。

無論如何都要活下去。

我只剩下這句話了。我要活下去，就只能依靠魔法了。

強化課程的第一天，姊姊跟上來監視我。

「要是妳敢落跑，我就用這個揍妳。」

不曉得是從哪裡弄來的，姊姊把名產店賣的那種小竹刀放在托特包裡，騎自行車跟在走路去補習班的我後面。

「笹本，妳明天有空嗎？」

姊姊自己的暑假課程開始，不能來監視我的第二天，伊賀崎老師立刻叫住我說。

「是。」

我點點頭。右耳一直聽到波浪聲和比特的聲音。

「明天補習班沒課，不過老師可以特別幫妳『上課』。老師跟妳說過家裡的鑰匙放在哪裡吧？中午左右好了，差不多那個時間，妳再過來老師家。妳懂吧？這是老師特別幫妳上的課，所以不可以告訴任何人喔。對妳媽媽也要說是平常的強化課程喔。」

「是。」

這天晚上，我和比特討論起來。

『老師是惡魔的爪牙，是被邪惡的魔女操縱了，妳必須去救老師才行。』

比特這樣忠告我。

魔女已經毀了我的嘴巴和右耳。我身為魔法少女，必須快點變身打倒魔女才行，否則下一個被殺的可能就是我。

『無論如何都要活下去。』

比特就好像被由宇附身了似地，不斷地如此對我細語。

明天，附在老師身上的魔女就會徹底毀掉我的身體吧。想要在那之前戰勝魔女活下去，就只能趁今晚了。我將比特還有變身粉盒及魔法棒放進背包，溜出家裡。也許是因為開始受到監視以後，我都一直安分守己，所以父母和姊姊也都疏忽大意了，我輕輕鬆鬆便溜出家裡，簡單得令人驚訝。

我悄悄開門走出戶外，靈機一動，無聲無息地打開儲藏室，將感覺可以在「與魔女的大對決」中派上用場的東西放進背包裡。「好痛！」我在黑暗中摸索時，手指被東西刺到了。我戴上掉在地上的工作手套，翻找儲藏室裡的架子。

我得到幾樣武器，關門時發現的手電筒，也一起放進背包裡。

我前往夏祭結束後被帶去的老師家。

比特變得非常饒舌，不停地在我的右耳說話。

『快點、快點！如果妳被魔女殺掉，世界就要滅亡了！全靠妳的魔法了！加油！加油！一定要努力活下去！』

我跑到老師家，看看史努比手錶，是凌晨三點。三更半夜還有一個不是點心時間的三點，感覺非常不可思議。

與秋級的夜晚比起來，「人類工廠」的夜晚光輝燦爛。許多路燈照亮街道，完全看不見星空。都這麼晚了，還有一些屋舍仍亮著燈。這裡是「人類工廠」，所以或許深夜也持續在製造人類。我忽然覺得想吐，跑到一半，把湧上嘴巴的胃液吐在花圃裡。

到了老師家，我照著那天老師告訴我的，拿出壓在右邊第三個盆栽底下的屋子備份鑰匙。老師叫我如果接到他的電話，就要立刻用這支鑰匙進去他家。

「老師家這個夏天都沒有人在，所以我會盡量找時間在這裡幫妳『上課』。奈月是個認真的好學生，所以很想『上課』對不對？」

那天老師一次又一次這麼說。魔女知道老師把鑰匙的位置洩露給我了嗎？

就算有鑰匙，踏進屋裡還是很可怕，我試了一下能不能用靈魂出竅的魔法，但依然不成功，反而是右耳中的比特的聲音愈來愈大了。

『快快快快快！這樣下去，魔女會使出更可怕的魔法害妳！妳要在被魔女殺掉前消滅她！妳是正義使者，如果沒有妳，世界就要滅亡了！快快快快快！』

沒錯，我必須守護地球。我聽從比特的聲音，悄悄走進老師家。

屋內鴉雀無聲，空氣徹底凝滯。或許老師今晚也不在家。看一下房間裡面，如果老師和魔女都不在，今晚就先回去好了。一想到老師一定不在，不會有事，我莫名地勇氣陡生，為了慎重起見，從背包裡取出「武器」，前往那天老師把我帶去的他的房間。

老師家的樓梯和門都和那天一樣，令人卻步。正當我覺得不敢往前走的瞬間，耳中的電子嗶嗶聲變大，我整個人蹲了下去。

『……月，奈月，奈月！』

比特的聲音引得我抬起頭來，發現老師的家裡不管是牆壁還是天花板，全都變成了粉紅色的。我驚訝地看自己的雙手，手也變成了粉紅色的。感覺就好像闖進了粉紅色單色印刷的照片裡一樣。

『妳的魔法讓世界變成粉紅色了。現在的妳，一定可以戰勝魔女。快快快快快！』

比特的聲音震耳欲聾，幾乎響遍整幢屋子。他的聲音實在太大，讓我頭痛欲裂。我按著頭，走上粉紅色的樓梯。

或許我的「眼睛」也被魔女毀掉了。這麼一想，我害怕起來。「嘴巴」、「右耳」、「眼睛」，接下來身體的哪裡會被毀掉？

我在老師的房間前停下腳步。

就在這一刻，一個念頭一閃而逝：馬上掉頭跑掉是不是比較好？

我怎麼會跑來這種地方？我這種連靈魂出竅的魔法都施展不出來的半吊子魔法少女，怎麼可能戰勝魔女？

房間裡悄然無聲。

這時，我忽然感到某種龐大的東西逼近了。

是靈魂出竅的魔法。回過神時，就像祭典那一天一樣，我脫離身軀，看著我自己。

『終於成功了。使出魔法了。』

明明好不容易使出了靈魂出竅的魔法，我卻心如止水，絲毫不感到興奮。我的軀體打開老師的房門，躡手躡腳進入裡面。靈魂出竅的我目不轉睛地注視著我的身影。

老師睡在床上。不知為何，我完全不感到恐懼了。我的身體慢慢地靠近老師。

下一瞬間，視野一片扭曲，掌心傳來某種砸爛柔軟物體的觸感。

眼前有一團藍色的東西。我用儲藏間拿來的、父親以前從秋級帶回來的除草鎌刀，一下又一下往那團藍色的東西砍。

靈魂出竅的魔法不知不覺間失效了。那團藍色的東西噴出金色的液體。這是什麼東西？我直覺地猜想是魔女的蛹。必須在魔女孵化出來之前斬草除根才行，否則會發生可怕的後果。我只明白這件事。

老師不在房間裡，或許他已經被魔女吃掉了。金色的液體把整個房間噴得到處都是。

『就是現在，快唸魔法咒語！』

我和比特根本沒有練習過什麼咒語。我不斷地唸出第一個想到的咒語。

「波哈嗶賓波波比亞，波哈嗶賓波波比亞，波哈嗶賓波波比亞，波哈嗶賓波波比亞，波哈嗶賓波波比亞，波哈嗶賓波波比亞！」

我不知道這能不能算是咒語。那團藍色的東西不斷地噴出金色的液體。

『快快快快！殺了她殺了她殺了她！殺魔女殺魔女殺魔女！殺殺殺殺殺！』

「波哈嗶賓波波比亞波哈嗶賓波波比亞波哈嗶賓波波比亞波哈嗶賓波波比亞波哈嗶賓波波比亞波哈嗶賓波波比亞波哈嗶賓波波比亞波哈嗶賓波波比亞波哈嗶賓波波比亞！」

我聽從比特的指示，拚命地唸著咒語，不斷地用鎌刀戳刺那團藍色的東西。

我不知道自己像這樣刺了多久。感覺好像是一分鐘，也覺得好像是好幾個小時。

『已經好囉，還沒有好喔。已經好囉，還沒有好喔。』

比特歌唱著。

「波哈嗶賓波波比亞波哈嗶賓波波比亞波哈嗶賓波波比亞波哈嗶賓波波比亞波哈嗶賓波波比亞波哈嗶賓波波比亞波哈嗶賓波波比亞波哈嗶賓波波比亞波哈嗶賓波波比亞！」

比特唱的歌裡，「還沒有好喔」不見、只剩下「已經好囉」的時候，那團藍色的東西一動也不動了。或許魔法就快失效了。回神一看，揣進口袋裡的折紙魔法棒皺成了一團，閃亮的光珠消失得一乾二淨。魔法解除了。我急忙離開老師家。

「衣服弄髒了。」

我對比特說。我的衣服吸滿了藍色的東西噴出來的金色液體，變得濕答答的。

我忽然想到老師家離以前辦祭典的小學很近。我跑到操場，用手電筒照著，把身上的衣物全部脫掉丟進焚化爐裡。工作手套還有鐮刀也放進去了。背包還不算太髒，所以我穿著內衣褲，揹上背包，十萬火急地跑回家。

悄悄開門進屋後，我發現手黏黏的，揹著背包直接走進浴室沖了澡。

『已經好囉，已經好囉。還沒有好喔，還沒有好喔。』

右耳不斷地傳來比特刺耳的歌聲。

「妳在幹什麼？」

這時，浴室外面傳來姊姊的聲音。

我嚇得全身一抖。原本染成粉紅色的視野一下子恢復原狀，浴室鏡中出現瘦骨嶙峋、全身皮膚色的我自己。

「沒有……昨天流了很多汗，想要沖一下。」

「是不是尿床啦？妳就是長不大嘛。」

姊姊奚落我說，也許是滿意了，離開浴室外面的脫衣所了。

我用浴巾包住濕答答的背包抱住，回去房間。

也許是因為用了太多魔法，身體沉重，睏倦極了。

『還沒有好喔，還沒有好喔。已經好囉，已經好囉。』

比特的歌聲不停地在耳中迴響著。我不知為何安心極了，就這樣沉沉地睡著了。

隔天我發起高燒，在房間裡昏睡。我燒到快四十度，母親以為我得了流感，急忙把我送醫，結果醫生診斷應該是感冒，加上疲勞過度。

「而且她應該都沒有好好吃飯吧？免疫力下降了。」

聽到醫生的話，母親不知為何深深鞠躬說「對不起」。

高燒遲遲不退，我就這樣一直躺到新學期開始。

燒總算退了以後，我去學校遇到小靜，才知道老師遇害的消息。

「妳居然不知道？伊賀崎老師被變態殺死了！」

「我都不知道……」

小靜也許是哭了很久，眼睛都紅了，手裡緊捏著手帕。

「喏，伊賀崎老師不是長得超帥的嗎？所以才會被變態盯上的樣子。聽說他遇到跟蹤狂騷擾，煩惱到向大學的朋友傾吐。老師怕得晚上都睡不著覺，還要吃安眠藥呢。所以連變態闖進家裡都沒有發現，就在睡夢中被殺掉了。真是太殘忍了，不可原諒！」

「就是啊，不可原諒！」

我模仿小靜的語氣喊道。

「聽說都沒有人目擊到兇手。老師的家人在車站前面發傳單尋找目擊者。我們補習班的學生不是都很喜歡伊賀崎老師嗎？所以大家一起寫信給老師的爸媽，說要幫忙一起發傳單，一定要揪出兇手。奈月，妳也會一起參加對吧？」

「嗯！」

回家以後，我翻出前幾天的報紙，發現命案的報導：『消失的笑容　一夜之間慘遭剝奪的年輕生命』。上面說，有個英俊的男大學生被變態盯上，飽受精神折磨，甚至痛苦到請醫生開安眠藥。大學生很孝順，沒有把這件事告訴父母，免得他們擔心，只向要好的朋友傾吐。

大學生在補習班打工當講師，很受孩子們愛戴，是個傑出的青年。慘案發生在父母去國外出差的暑假期間，大學生遭亂刀砍死，遺體嚴重毀損，甚至只能靠牙齒確認身分。雖然沒有兇手的線索，但據說死者曾向朋友透露說有一輛白色廂型車跟蹤他，警方正在尋找可疑廂型車的目擊證詞。

感覺很奇妙。那麼，我打倒的那個藍色的東西到底是什麼？老師不在現場，當時我只和魔女一個人對決，然而魔女卻消失得無影無蹤。

右耳還是一樣，有時聽得見，有時聽不見。嘴巴果然完全壞掉了，雖然感覺得到冷熱，但完全沒有味覺。所以我還是一樣食慾不振，但母親罵得很兇，不准我把家裡的飯菜和營養午餐剩下來。學校的營養午餐就算剩下也不會被發現，但家裡的飯只能吃掉。

週末補習班放學後，我們都會去車站前面，和老師的父母一起發傳單。傳單上寫著：

「徵求目擊者！一條寶貴的生命就這樣被剝奪了，絕不能任由兇手逍遙法外！」

「真是謝謝你們啊。」

老師的父母是一對氣質高雅的紳士與夫人。他們含淚與每一名學生握手，我也用力和他們握手。

回家以後，我每天都和比特說話。

『妳打倒魔女了。妳打倒魔女了。謝謝妳！謝謝妳！』

不管問什麼，比特都只會道謝。

「那團藍色的東西跑去哪裡了？殺死老師的是不是魔女，而不是變態？」

『妳打倒魔女了！謝謝妳！謝謝妳！』

比特就像故障了一樣，只是不停地重複一樣的話。

那天打倒魔女的事，會不會只是一場夢？我也開始這麼懷疑。

我繼續和補習班的同學一起發傳單。在站前發完傳單回家的路上，小靜說：

「妳知道嗎？好像沒有找到兇器，可是警察說兇器可能不是刀子，而是類似鎌刀的東西喔。」

「鎌刀……？」

「變態真的不曉得在想什麼呢，真可怕！警察怎麼不快點查出兇手，繩之以法呢？」

「真可怕！」

我模仿小靜尖叫，同時猜想或許兇手是在某處撿到我用來消滅魔女的鎌刀，用它殺死了老師？

星期一早上，我急忙跑去焚化爐查看，卻沒找到半樣那天丟掉的東西。衣服也就罷了，我以為至少會留下鎌刀，但焚化爐裡只有廢紙和垃圾。回家以後，我挖出當時濕答答地塞進床底下的背包，發現上面沒有半點應該是金色的液體，只有提把沾上了一點黑漬。

我每天晚上都對比特說話。

「比特，或許那天拿來消滅魔女的武器，被兇手偷走了。」

『奈月，謝謝妳！奈月，謝謝妳！』

「欸，比特，好好回答我的問題啦。我真的很害怕。那個，老師他會不會、會不會……」

我嚴肅地說，結果不一會兒後，比特用比平常更大的聲音對著我的右耳說：

『奈月，我告訴妳一個好消息。因為妳的奮戰，邪惡的魔女施下的魔法已經完全從這個世界消失了。所以妳再也不需要變身戰鬥了。再過一段日子，妳就會聽不見我的聲音了。』

「為什麼？」

『因為我的任務已經結束了。最後，我有一件事要告訴妳。我在茫茫人海中找到妳，賜予妳粉盒和魔法棒，讓妳成為魔法少女，但是這並不是巧合。其實妳是在嬰兒的時候，從波哈嗶賓波波比亞星被送到地球來的魔法戰士。原本任務結束以後，妳應該要回去波哈嗶賓波波比亞星的，但沒想到花了比預期更久的時間，太空船已經離開了……』

「我就知道！那我不是地球星人囉？原來我也是波哈嗶賓波波比亞星人！」

我開心地抱住比特，比特也開心地動著耳朵點點頭。

『對呀！妳應該也隱隱約約發現自己其實不是地球星人了吧？妳會覺得無法融入地球星人，格格不入，也是當然的。因為妳本來就是波哈嗶賓波波比亞星人啊！』

「我太高興了！太開心了！原來就是這樣！」

『波哈嗶賓波波比亞星的每一個人也都在歌頌妳。大家都很開心。』

「那我總有一天可以回去囉……？」

『■■■■■』

比特說了什麼，但我聽不見。

我就這樣沉沉地睡著了。藏在床底下的背包髒了，明天拿去丟掉吧。裡面的粉盒、魔法棒也都不能用了。可是，我已經知道自己是波哈嗶賓波波比亞星人的身世，這樣就夠了。我時隔許久地想起了秋級的星空，墜入夢鄉。

自從這天晚上以後，比特再也不會說話了。我把變得像木乃伊的比特，和由宇的結婚誓約書及戒指，一起收進鐵盒子裡面珍藏起來。

老師的命案偵辦在當時就已經陷入瓶頸，但有時候當地電視台會報導家屬和學生一起發傳單的模樣。因為小靜會找我，所以我也會一起在車站前發傳單。對於俊美的大學生慘遭變態殺害的情節，雖然每個人嘴上都說好心痛好難過，看起來卻都有些喜孜孜的。

從此以後，我再也不是魔法少女，而是成了失去太空船的波哈嗶賓波波比亞星人，過著餘生。既然已經無法回歸母星，要以波哈嗶賓波波比亞星人的身分活下去實在太孤單了。我強烈地祈禱地球星人能徹底把我洗腦。

5

早上醒來時，丈夫已經跑去庭院，活力十足地四處走動了。

「等由宇起來以後，我可以去看倉庫裡面嗎？」

「可以是可以，不過應該沒什麼有趣的東西。我小時候也常去倉庫探險，可是裡面只有一些耕田的機器。」

「沒關係，我想看！」

從丈夫興奮活潑的樣子，難以想像他在東京的時候簡直就像個繭居族。我覺得好像看到小時候的自己。

「早，妳醒得真早。」

穿著休閒服的由宇出現在簷廊。

「早安，智臣。」

「啊，早安。對了，今天輪到我做早餐。」

丈夫急忙脫下拖鞋進入屋內。

「我也去幫忙。」由宇說。

「不用，那樣輪流就沒有意義了。你好好享受早晨的空氣吧，我想用昨天摘的野草做味噌湯。」

「不要做出太奇怪的東西喔。」

我擔心地提醒，但丈夫似乎很起勁：

「好像微帶苦味，不過我好想快點嚐嚐看。啊，這個地方怎麼會這麼美好！」

丈夫前往廚房後，由宇只留下一句叮嚀「最好披件衣服，否則會感冒」，然後就去洗手間了。

我在簷廊坐下，隱約感受到由宇和丈夫在家中走動的感覺。

此後，每天早上用完早飯，我們都會三個人一起去散步。是丈夫聽到由宇有散步的習慣，央求想要一起去。我們通常都會先走到紅橋那裡，確定各自的手機收得到訊號，檢查訊息或來電紀錄。然後沿著河邊慢慢走，走到通往隔壁村落的山路一帶就折返。

丈夫似乎對一切都感到新奇。他說想要去隔壁村落看看，但由宇勸阻說山路非常險峻，最好不要，他只好勉為其難地打消了念頭。

我們偶爾會換個路線，走到山上或廢校所在的地方，但大部分都只是沿著河邊散步往返。有時候也會去祖父母的墳墓，放上供品。這種時候由宇都說要先回去，從來不曾一起跟到墓地。

散步的時候，我總是有種古怪的感受。丈夫和由宇走在一起，這是很奇妙的光景。直到不久前，由宇還是過去的人，而丈夫是現在的人，兩邊的時間是斷絕的，因此讓我覺得好像其中一個人是搭乘時光機冒出來的一樣。

散步途中，丈夫總是興奮地滔滔不絕。

「我想要趁著住在這裡的機會，去做人類絕對不會做的事。」

「為什麼？」

由宇問，丈夫挺胸回答：

「因為這樣做，就可以逐步解除洗腦。『禁忌』只不過是人後天強加的洗腦，看在『外星人的眼睛』裡，全是些可笑的事，完全不合理。」

「比方說，你要做什麼呢？」

「呃……像是吃奇怪的東西。比方說吃蟲……」

「很可惜，這一帶的人自古以來就有吃蟲的習慣。蚱蜢的話，不光是長野，很多地方應該都會食用吧？」

「這樣嗎……？」

「如果你有興趣，下次我可以買來。蚱蜢，還有蜂蛹……啊，對了，你喜歡的蠶蛹，有些地區好像也會吃。不過舅舅說這個家沒有吃蠶蛹的習慣。」

「哇，我好想吃吃看！一定很可愛吧……」

在這幾天當中，由宇和丈夫親近了許多。感覺由宇極力和我保持距離，盡量只跟丈夫說話。

丈夫語重心長地說：

「如果我們住的市區是人類工廠，那麼這裡就是工廠的遺跡。是已經不再製造新東西的工廠，也不會有人再命令別人生產。待在這裡，我覺得自在太多了。我想要做為已經功成身退的零件，永遠在這裡生活。」

「這樣嗎？不過有時候還是會有人說我還年輕，叫我應該要結婚、要生小孩。」

「那是工廠的亡靈。遺跡總是有亡靈的。」

丈夫一本正經地說，由宇開心地笑了：

「對，這個村子或許有許多亡靈。」

我聽到流水聲。比記憶中小了許多的河，現在仍有潺潺流水。我遠離了秋級以後，那流水聲仍一直縈繞在我的耳邊不去。在流水聲旁邊，和真正的由宇走在一起，讓我覺得很不可思議。

小河對岸可以看到我們祖先的墓地。讀大學的時候，我聽到父親和叔叔講電話，提到「土還沒有落下去」。後來都過了二十多年了，埋著祖父棺材的位置仍是高高的一坏土，沒有落下。

那座墓地底下，祖父現在是什麼模樣？後來我參加過幾次公司上司和朋友父母的葬禮，但全是火葬。頭髮和皮膚還在嗎？我在查資料的時候，讀到遺體要完全回歸大地，需要百年以上，所以搞不好祖父在地底的形貌比想像中的更要完整，正在注視著我們。

「奈月，怎麼了？」

丈夫回頭，佇足的我急忙跑向兩人。河川另一頭的墓地，一群烏鴉似乎聚集在給祖父母的供品上。

一個月的秋季假期，這是我和丈夫的極限。如果超過這個時間，不僅存款會見底，

「工廠」的人也不會坐視旁觀。一旦被發現，我們就會被帶回去。

「最好在入冬之前回去。因為這裡雪量很大，有時候一樓都會被埋在雪裡。」

由宇也這麼忠告。丈夫似乎很遺憾，但我認為這是我們假期的極限了。

走出屋前的道路，可以看見高山。山景一天比一天紅，現在有一半以上都被紅葉所覆蓋了。

散步結束後，我們吃著長野當地的煎包「御燒」，討論今天要做什麼。由宇說要整理庭院，丈夫說要找「酸葉」。我們說秋天不知道還有沒有酸葉，但幹勁十足的丈夫並不在意。我已經失去了味覺，即使找得到酸葉，也不可能再品嚐到它的酸味，所以覺得無趣，決定在家整理餐具。

「這懷念的杯子，我可以拜託叔叔，拿一個回去嗎？」

「最好聯絡理津子阿姨說一聲。因為搞不好是什麼紀念品。」

「好。」

簷廊外面的庭院樹木也微微轉紅了。我看著那紅葉，呢喃道：

「我第一次看到秋天的秋級。因為每次來都是夏天。我無法想像這裡下雪的景象。」

聽到我的話，由宇看也不看我地說：

「這裡每年到了冬天，都是一片雪景。」

「做為知識是知道，但我無法想像。」

「因為妳只去看自己看得到的東西。」

我覺得由宇話中帶刺，忍不住垂下頭小聲反駁：

「每個人不都是這樣的嗎？」

「世上有很多人正視著不想看到的東西，規矩地過著日子。」

自從與由宇再會，說出我是外星人的事以後，我就隱約察覺了。由宇在輕蔑我。

「下雪以後，一定會是與秋紅不同的另一番美景吧。」

丈夫陶醉地說。

「我是東京人，所以幾乎沒有看過多高的積雪。一定很美吧。」

「事情可沒那麼單純。」

由宇的表情緩和下來，微笑地看著丈夫說。

「冬季的嚴寒也是這個村子的一部分，我好想體驗看看。」

儘管明白八成無望實現，但丈夫還是嘟噥著說。

「智臣真的很喜歡這裡呢。」

對於丈夫說的話，由宇即使會婉勸，也不會否定。這就是我認識的由宇。

即使被美津子姑姑當成男友對待、被我強迫結婚，由宇也完全不拒絕。我認為「順從」是小時候的由宇的處世之道。

「當然了！我也好想親眼看看這裡的冬季和春季，可是沒辦法吧。因為『工廠』的人不知道會使出什麼招數……」丈夫喃喃說。

丈夫和我都感覺到了。「工廠」肯定很快就要派出「使者」過來了。怠工逃避做為「工廠」一部分的我們，應該很快就會被帶回去了。我等待著「使者」的到來。

被使者帶回去以後，我們會被帶回工廠，然後他們會不著痕跡、但強制性地誘導丈夫繼續勞動、勸我生下孩子。每個人都會不斷地遊說我們，說那是多麼美好的事。

我等待著那一刻的到來。這次眾人一定會徹底將我洗腦，我的身體將會成為工廠的一部分。我的子宮、丈夫的精巢，一定都將不再屬於我們。

既然如此，就快點從頭到腳把我洗腦吧！這樣一來，我一定就再也不會感到痛苦，可以在大家生活的假想現實世界裡笑著活下去。

是我的祈禱上達天聽了嗎？隔天「使者」就來秋級的祖母家敲門了。

我吃完午飯，正在洗手間刷牙，聽見敲門聲。我應著「來了」，開門一看，姊姊就站在門外。姊姊和外甥女手牽著手。她瞥見穿居家服的我，似乎賊笑了一下。

「奈月？有客人嗎？」

由宇從廚房走出來問，看到姊姊，似乎一眼就認出她來，表情僵住了。

「早安，由宇。好久不見了。我是貴世表姊，還記得我嗎？」

「……記得。好久不見。」

「預定的時間都過了，你們卻一直沒有回來，媽也一直問，所以我也擔心起來，過來看看。」

姊姊用一種酒醉般的口吻說話。我懷疑她是不是電視劇看太多，學裡面的人說話？她的語調就是這麼刻意，像在作戲。

「啊，姊！好久不見！」

丈夫從起居間現身，用比姊姊更誇張的聲音大聲招呼。

他很討厭姊姊。姊姊是長大後被「工廠」拯救的人之一。小時候的姊姊無法融入周遭，但成為工廠的工具以後，獲得了救贖，成為瘋狂的「工廠」信徒。

丈夫總是在私底下說姊姊的壞話：「在工廠的人裡面，那個人特別恐怖。」

我們請姊姊到起居間，泡茶招待。就快上小學的外甥女開心地在屋子裡跑來跑去。

「你們也不是要永遠在這裡住下去吧？」

姊姊說她已經吃過午飯了，沒有碰由宇端出來的御燒，對我說道。

「嗯……」

「你們夫妻可別在這裡賴上太久，給由宇添麻煩——就像以前那樣。」

由宇聞言，臉色煞白。

「你們應該快點回家，恢復小倆口的生活。對吧，智臣也這麼想吧？」

「嗯……」

丈夫似乎連做表面工夫都懶了，敷衍地應聲，吃起御燒來。

「哦，我今天只是來看看情況，媽也在擔心你們喔。居然夫妻倆一起跑來由宇的地方住。」

「很抱歉，我應該在這段期間去別的地方的。」

也許是因為我和丈夫都聽得心不在焉，由宇急忙向姊姊道歉。

「這不是由宇的錯。村裡的人有沒有說什麼？我好擔心他們給你添麻煩。」

姊姊說話的口氣，就好像是世界讓她說出這些話來，而不是她自己想說的話。我好羨慕這樣的姊姊。

外甥女開始在屋子裡玩膩了的時候，姊姊起身說：「我差不多該走了。」

「怎麼不多坐一會兒呢？」

丈夫說著，飛快地起身，打開通往玄關的紙門，開心地領姊姊出去。他擺好姊姊的鞋子，就像急著送客，不停地說：「這麼早走，真可惜。」

「我會再來。」

姊姊似乎也對丈夫的厭惡心知肚明，沒對他趕人的態度多說什麼，離開屋子。

我去姊姊的車子那裡送行。

「妳開那條山路過來的？」

「對啊。」

「姊姊變得好會開車，明明以前暈車暈得那麼厲害。」

「欸，妳知道車站前面又有人在發傳單嗎？大家都在討論。」

這話實在毫無脈絡，我一時不解姊姊在說什麼。

「之前鄰町有個高中男生慘遭殺害，兇手落網了不是嗎？因為兩個案子很像，新聞節目又播了伊賀崎老師的命案。明明都二十年前的事了說。好像因為這樣，老師的爸媽又開始發傳單了。我覺得一般發生那種事，家人都會離開傷心地，可是他們沒有搬走呢。町內會都在議論紛紛，好像還有傳聞說，搞不好就是那對夫妻殺了自己的兒子，是他們把證據藏起來了。這些人真的很沒口德呢。」

「是喔……」

「妳以前不是也去發過傳單？再去幫忙怎麼樣？」

「……我考慮看看。」

姊姊的車子遠離了。

我慢吞吞地回到主屋，丈夫在佛壇房間裡鬼吼鬼叫著：

「啊啊啊啊！他們終於來了！」

丈夫踩到我的鋪蓋，差點跌倒，抓住我的雙肩。

「那傢伙完全被工廠洗腦了。我又要再次不屬於我自己了！都是他們害的！」

「冷靜點，智臣，姊姊沒辦法強迫我們回去，現在也只能像那樣若無其事地施壓而已。我們還可以繼續在這裡悠閒地過日子。」

「妳看到那女人的眼神了嗎！？根本就瘋了。她用那種彷彿我們是罪人的眼神看我們，一副『現在還可以原諒你們』的態度。我只是想要做我自己，為什麼非要別人來原諒不可？真是夠了！」

丈夫激動的模樣讓由宇看得呆了，他似乎總算回過神來，伸手扶住丈夫的背說：

「冷靜一下吧。喏，天氣也變冷了，回去暖桌旁邊吧。」

「嗯……」

丈夫垂頭喪氣，由宇安撫著他，像在尋思什麼。

這天晚上，丈夫去洗澡的時候，我坐在簷廊看星星，由宇打開紙門找我說話。

「待在這裡不冷嗎？」

「我有湯婆子，不冷。」

「這樣啊。」

由宇在我旁邊坐下來。丈夫不在的時候，由宇都極力不跟我待在同一個房間裡，因此我覺得很難得。

「那個……我說這種話或許很奇怪，不過智臣知道我們小時候的事嗎？」

「我們不太聊自己的過去。智臣是我的伴侶，但不是朋友。」

「既然是伴侶，就應該說出來。萬一事後得知，會引發誤會，智臣可能也會受傷。」

「誤會？什麼誤會？」

聽到我的反問，由宇似乎很納悶。

「誤會我跟妳……呃，有某些關係。」

「由宇，你好像電視劇裡的人喔。我們是表兄妹，當然有關係啦。」

「這不是電視劇，是現實。萬一被誤會，妳又會遭到妳們說的『工廠』更強烈的排擠。違反倫理的人，會受到懲罰。」

「智臣沒問題的。他是比我更狂熱的波哈嗶賓波波比亞星信徒。」

由宇嘆氣：

「奈月，我們已經不是小孩子了，那種教人啼笑皆非的歪理行不通的。妳要更懂事一點。身為大人，妳應該好好面對問題。」

「什麼問題？什麼叫懂事？我已經好好跟你解釋過了。我和智臣的關係，都已經好好告訴過你了，可是看來你根本聽不進去。因為你只聆聽世界的聲音，不管我們說得再大聲，對你來說都只是瘋言瘋語，毫無意義。」

我仰望由宇。由宇變得比我高了一些。

「真好，由宇徹底被洗腦了。我也想要快點變成你這樣。我不像智臣那樣嚮往『外星人的眼睛』，我想要快點得到『地球星人的眼睛』。這樣一來，一定非常輕鬆。」

由宇嘆了一口氣：

「……妳真的跟小時候完全沒變。真的就像被冷凍保存起來一樣。」

由宇在輕蔑我。但對此我無能為力。我已經下載安裝了「外星人的眼睛」，只能透過這樣的眼睛去看世界。儘管我非常清楚，變成「工廠」的一份子更要輕鬆太多了。

「明天我會告訴智臣。既然你這樣說的話，我會好好遵守地球的規矩。畢竟我並不想要顛覆世界。」

我對由宇說完，用力抱緊了湯婆子。懷裡只感受到變涼的溫度。

隔天吃早飯時，我對丈夫說有話要說，請他飯後給我一點時間，結果丈夫開心地對我和由宇說，他也有話要說。

「我想要和我爺爺做愛。」

由宇嗆到，口中的味噌湯全噴到暖桌上了。

「為什麼？」

我問丈夫，把抹布和面紙遞給由宇。

「人類不是不近親相姦嗎？所以只要打破這個禁忌，就能進一步擺脫洗腦。」

「唔……會嗎……？」

我認為丈夫這樣的想法就源自於人類的價值觀，反而可以說是很人類的觀點。

「總之，我決定去嘗試殺人以外的禁忌當中，人類最不可能會去做的事。」

「等一下。」

由宇慌了。

「怎麼說才好……總之，不是兩情相悅的性交是犯罪啊！」

「沒問題的，智臣的祖父現在是植物人，躺在醫院。」

「那更不行了！」

「為什麼？」

我看由宇的眼睛。

「由宇，這些事情只是看不到而已，全世界到處都在發生。世界上無時無刻都有人被當成洩慾工具，現在這一刻也是，只是這樣罷了。」

「奈月，這是犯罪。這太異常了。」

「所以呢？大人的職責不就是忽略這些異常嗎？向來都是這樣的，何必如今才擺出一副聖人君子的臉孔?由宇你是『普通的大人』對吧?既然如此,就應該像個『普通的大人』,視而不見就是了。」

對於丈夫準備要染指的犯罪,我不打算干預。既然丈夫那麼渴望變成外星人,讓他去做就行了,他想要用他的精巢傷害什麼人,去傷害就是了。如果他真的付諸實行,至少可以變成怪物吧。我只要試著去思考,右耳就會聽到像蟬鳴又像電子嗶嗶聲的聲響。

丈夫說:

「確實,由宇說的也有道理。仔細想想,這或許是犯法的,但我爺爺應該不會發現,所以無法成案而已。是我不對。」

我覺得指尖在微微發抖,平淡地質疑丈夫說:

「怎麼會?什麼是犯罪?地球星人總是在做這種事,不是嗎?他們總是滿不在乎地犯罪啊。」

「被妳這麼一說,我也沒法反駁呢。奈月真不愧是波哈嗶賓波波比亞星人。」丈夫的口氣充滿佩服。

「我媽忙著照護,應該沒時間,那我跟我哥近親相姦好了。當然,我會好好跟他解釋,讓他跟我合意性交。」

「等一下，做這種事又能怎麼樣？」

丈夫滿臉疑惑地看由宇：

「怎麼樣……當然是為了變成外星人啊。我不是說過很多次了嗎？」

「就算做這種事，也無法顛覆我們是人類的事實。」

「不試試看怎麼知道？總之，我想要嘗試看看。我想要在被抓回去『工廠』之前，擺脫人類的身分。」

丈夫望向我說：

「不好意思，一直自顧自說我自己的。奈月，妳要跟我說什麼？」

「呃，我和由宇在小學的時候認為我們是一對情侶，所以發生過性行為，還偷偷辦了婚禮。」

「這點小事！」

丈夫嘆氣。

「居然會在乎這種事，奈月，妳真的快被『工廠』洗腦了。我對妳太失望了。」

「呃……是我叫奈月應該向你坦白的，對不起。」

由宇急忙插進我們的對話。

「因為我覺得萬一你誤會就不妙了……」

「不妙……？這樣啊……但對我來說，不妙的人是你。」

丈夫擔心地看著由宇說。

「你難得生活在『工廠遺跡』，卻好像被『工廠』詛咒了一樣。可是沒問題的，總有一天，你一定也能下載安裝『外星人的眼睛』。」

「外星人的眼睛……」

由宇瞇眼看丈夫，不知道是覺得刺眼、厭惡，還是睏倦想睡。

丈夫端著碗，柔聲對由宇說：

「沒錯。到時候你就能看清真正的世界了。看見不受大腦污染、你的眼睛真正看見的純粹的世界。那個情景，將會是我們夫妻送給你的最棒的禮物。」

由宇開口似要反駁，但就像被丈夫強烈的視線震懾了似地，沒有說話，茫茫然地看著半空中。

「由宇，我打從心底感謝你。我真的很感謝你把我們藏匿在這裡。我想要向你道謝。希望我被『工廠』帶回去以前，能有機會回報你……」

丈夫放下碗，交互看了看我和由宇說：

「總之，這個週末我要回老家，和家裡的其中一個人性交。當然是在合意、不傷害任何人的情況下。如果我成功近親相姦了，請你們祝福我吧！如果能得到你們兩人的祝福，我一定會很幸福。」

我點點頭說「好」。即使聽到丈夫平靜的說明，手指依然不停地顫抖著。

這天晚上我遲遲無法入睡。右耳仍不斷地聽見電子嗶嗶聲。

即使上了國中、高中，我的「嘴巴」依舊沒有好起來。由於喪失了味覺，吃什麼都食不知味，我整個人瘦得像皮包骨。

身邊的人一個接著一個開始做為「人類工廠」的零件運作起來，卻只有我一個人茫茫然地被拋下了。每個人都在不知不覺間被「人類工廠」洗腦了吧。所有的人都開始嚮往「愛情」，努力變成適合戀愛的女孩。這種現象同時發生，讓人覺得詭異極了。

「為什麼？」

有時候會有人這麼問我。就是別人問我有沒有喜歡的對象，我說沒有的時候。每個女生都為戀愛話題瘋狂，如果有哪個女生遲遲沒有談戀愛，就會受到關心。

我尋找可以告解的「教堂」。我想要一個可以掏出體內全部的話語、攤開來展示的對象。挑選同性而非異性，純粹只是因為我幾乎沒有跟男性說過話，而且我覺得男性不可能理解。我想要快點把體內的這些話埋葬掉。

高中的時候，我曾經鼓起勇氣，向朋友佳苗傾吐。佳苗和我住在同一區，又是同一所高中，我們感情很好。而且她跟小靜不一樣，不是我們補習班的，因此我覺得她能夠不帶有色眼鏡地聆聽我的經歷。

「佳苗，妳記得小學的時候，站前補習班有個老師被殺死的命案嗎？」

「記得啊，那個老師很帥。我不是上那家補習班，不過我記得。真的很可憐。」

「我以前給那個老師教過。」

「真的喔？那個補習班的學生感情都很好對吧？看到大家一起發傳單，我覺得好了不起。」

「可是，那個老師呃，有點怪怪的……我是覺得說死人的壞話好像不太好……」

「怎樣奇怪？」

「就是……」

我鼓起勇氣說出老師做的事。衛生棉和被放進嘴巴的事我盡量婉轉地描述，結果佳苗皺起了眉頭：

「咦？什麼？什麼意思？妳是說他是妳男朋友？大學生跟小學生？」

「咦？不是啦，不是那樣……就是，他就像個色狼。」

佳苗噗嗤一聲笑出來：

「怎麼可能？妳未免太自我意識過剩了吧？那個時候妳才讀小學吧？我在新聞上看過那個老師的照片，他看起來超受女生歡迎的耶。妳是不是在妄想啊？妳這種型的小女生，我覺得他才看不上眼呢。」

「不是的，我又不喜歡他，我很討厭他做的那些事。」

「既然討厭，幹麼不拒絕？是不拒絕的人自己不對吧？而且如果真的討厭的話，不要去他家不就好了？」

「對，可是……」

「就算是真的，那也是因為人家很帥，妳故意給人家可趁之機吧？那根本是兩廂情願好嗎？我不懂妳幹嘛一副悲劇女主角的樣子。」

「不是那樣的……」

佳苗大嘆一口氣：

「欸，所以妳是想要我跟妳說什麼？妳幹麼跟我說這些？莫名其妙，很扯耶。」

聽到佳苗這話，我心想或許我是希望有人對我說「委曲妳了」。

隔天開始，佳苗和我保持距離了。

「那個女生很會撒謊。」

別的朋友告訴我佳苗在背地裡這麼說我。

上了大學，朋友美穗告訴我她總是在電車上遇到色狼時，我第二次說出了這件事。這次我非常謹慎，挑選了和自己一樣的被害者做為「教堂」。

我原本擔心美穗會不會像佳苗那樣以為我在撒謊，但還是鼓起勇氣，這次不再婉轉描述，而是強調那是犯罪行為。我隱瞞了老師遇害這些可能會引起同情的事實，只慎重地挑選能夠讓她同情我的情節陳述。

我並沒有撒謊，但是在美穗的心目中，老師似乎成了個肥胖醜陋的中年阿伯，而不是帥俊的大學青年。這是非常簡單易懂的「可憐的遭遇」，因此美穗不像佳苗那樣，而是深為同情。

「怎麼這樣？那個死老頭真是太噁心了！不敢相信！根本就是犯罪啊！奈月實在太可憐了。」

美穗為我憤慨，我鬆了一口氣。

然而升上大二、大三以後，由於我幾乎都不跟男生說話，結果引來了美穗另一種形式的擔心。

「我說奈月啊，我知道以前的事傷妳傷得很深，可是妳這個樣子，豈不是稱了對方的心嗎？俗話說，幸福才是最大的復仇，如果妳一直走不出來，只會讓對方爽快而已。」

「嗯。」

我只是應著「對呀」、「我知道了」，卻也沒有真的去找男生說話。

「欸，這樣說雖然有點那個，可是妳又沒有被做到最後吧？然而卻一直擺出被害者的姿態，我覺得實在說不過去耶。像我，也遇到過色狼好幾次，真的很討厭，可是大家都在忍耐不是嗎？只是遇到這點事，就一輩子沒辦法跟任何人交往的話，人類就要滅亡了。像我朋友，還有很多被痴漢騷擾得更慘的人，可是她們也都有男朋友啊。大家都會忘掉那些不愉快，積極地往前走。只因為這樣，都已經上大學了，卻連跟男生說話都不敢的，我看就只有妳一個了。妳這樣實在有點誇張。」

美穗說的或許沒錯，但我只是笑笑，沒有回應。

某天，美穗約我出去，我前往會合地點一看，發現不光是美穗，還有另一個男生。

「這個人是誰？」

我問，美穗笑說「想介紹給妳」。

「不好意思喔，她有點男性恐懼症，不過你不是說你喜歡清純的女生嗎？所以我覺得你們兩個湊成一對應該剛剛好。」

男生看到我瞪著美穗一動也不動的樣子，似乎嚇到了。

「這個人是誰？」

我重複問題。我已經搞不懂美穗是誰了。美穗為什麼要這樣興沖沖的？為什麼她非要我跟別人性交不可？我實在不懂。

我掉頭就走，聽見男生笑著對美穗說：「我是說過比起中古貨，處女比較好，可是妳居然挑那種的給我？」

我感覺自己沒有盡到「人類工廠」工具的職責。我是波哈嗶賓波波比亞星人，所以才無法理解地球星人做的事也說不定。在地球，年輕女人就應該要談戀愛、性交，如果不這麼做，就會被認為是度過了「寂寞」、「沒有價值」、「以後一定會後悔」的青春。

「妳要快點挽回才行啊。」

美穗老是這麼對我說，但我無法理解為什麼要挽回我根本不想要的東西。

我們很快就要被出貨送進「工廠」了，正逐步為此做好準備。先準備好出貨的人，會

「指導」還沒有準備好的人。我就是受到美穗的「指導」。

我不懂地球星人做的事。但如果我也是地球星人，或許就會像美穗那樣，自然而然地受到基因的支配。那一定會是非常平順、沒有任何疑問的生活。

聖誕節將至，綠色和白色的聖誕樹妝點著街道。世界的制度，是要讓人戀愛。無法戀愛的人，會被迫去做接近戀愛的行為。我不知道是先有制度還是先有戀愛，只理解地球星人是為了繁衍而設計出這樣的制度。

搭乘電車抵達新城的車站，走出驗票口時，我看見老師的父母在站前的大馬路上發著傳單。行人們對他們悲痛的表情以及「請提供線索！」的吶喊視而不見，逕自前行。每個人都一副不曉得該拿他們怎麼辦的態度，不著痕跡地避開遞出傳單的蒼老的手。事發當時，大眾是那麼樣地同情他們，如今繼續發傳單的老師的父母卻被當成了街上的異物，被視為麻煩。

我悄悄地把視線從老師的父母身上轉開，裝作沒看到，往自家走去。

繼承自己的基因的生物被殺害，人類就會非常激動。從那天開始，老師的父母就不斷地受到悲哀與憤怒所驅動。

站前蓋了購物商城和 OUTLET 購物中心，熱鬧繁榮，和我小時候截然不同。到處都是聖誕節裝飾，許多人攜家帶眷，還有穿制服的小情侶手牽著手。

看起來就像「工廠」不斷地傾注心力在宣傳「戀愛」有多美好，還有戀愛之後生產人類這件事有多美妙。要貢獻給這座巨大的「人類工廠」的子宮，已經在我的下腹部發育完成了。我即將邁入必須假裝為「工廠」使用這個器官，否則就會遭到抨擊的年齡。

隔天早上我被聲音吵醒，是丈夫已經穿戴完畢，準備出門了。

「不吃過早飯再走嗎？」

「不用了，我預定住一晚就回來。計程車已經叫好了。我會盡快達成目標回來。」

「這樣啊。加油。」

丈夫剛出門，由宇就從二樓下來了。

「智臣呢？」

「已經出門了。」

「咦？已經走了？我不是說要開車送他嗎？」

「他那個人有點急性子。」

由宇嘆氣：「那，吃過早飯我就離開。」

「你要去哪裡？」

「今天晚上我會下山住旅館。」

「咦？為什麼？」

由宇說：「我們不能在這裡獨處，這一點妳還明白吧？」

我說的話，還有丈夫說的話，由宇都聽不進去。他只聽從世界的聲音。由宇的這種潔癖，對我來說就像是被洗腦成功的證明，讓我十分羨慕。

「還是我去住旅館好了，我才是寄住的人……」

「妳又不會開車，而且公車一天只有一班，我下山最省事。」

由宇慵懶地說，去洗手間了。

我們夫妻給由宇添了這麼多麻煩，我實在過意不去，心想至少應該準備早餐，正要走去廚房，這時門口傳來車聲。

是丈夫忘了東西嗎？我過去查看，發現是一輛陌生的橘色轎車。

一名曬得黝黑的男子走下車來。男子看到我，一臉訝異地靠近。

「陽太嗎？」

看到那張臉，名字脫口而出。陽太是輝良叔叔的大兒子，是以前總是一起在秋級四處跑跳的親戚小孩之一。

「……奈月嗎？」

陽太驚訝地問，我點點頭。

「妳在這裡做什麼？」

「我和丈夫一起來這裡住段時間。」

「由宇呢？」

「在裡面。」

陽太的表情沉了下來，這時由宇走出玄關招呼：

「陽太，你來了。」

由宇似乎鬆了一口氣。

「你來得正好。要不要一起吃早飯？我吃過飯就要出門了。」

「好啊，奈月的丈夫呢？」

「他有事去東京一趟，才剛出門。所以今晚我打算下山住旅館。」

「這樣啊。不過奈月的丈夫也太沒常識了，就算你跟奈月是表兄妹，一般人會丟下孤男寡女在這裡嗎？怎麼不夫妻一起去？」

「就是說啊，我也這麼想。」

由宇安心地說。

由宇看起來打從心底與陽太的常識感到共鳴。看到與先前態度一百八十度改變、整個人放鬆的由宇，我暗自訝異原來面對擁有相同常識觀的人，他竟能如此地敞開心房。

由宇用「工作」等單字替換掉近親相姦等聳動的字眼，巧妙地說明，原本一頭霧水的陽太似乎也接受了。

「唔，既然是這樣，那也沒辦法。由宇，你要來我家過夜嗎？去住旅館也太花錢了。」

「說的也是。」

陽太好像和妻小住在上田。

看來陽太是個非常稱職的「工廠」零件，我覺得很佩服。

「不好意思剛才口氣那麼差。……因為那件事以後，夏天親戚幾乎都不會過來相聚了。我又完全被蒙在鼓裡，覺得寂寞死了。奶奶過世的時候，雖然親戚都來了，可是妳還是沒來不是嗎？我問我爸到底為什麼，他說我已經夠大了，終於把爺爺葬禮那天晚上發生了什麼事告訴我。我嚇死了，老實說，覺得實在太噁心了。」

陽太說著，由宇在一旁邊聽邊點頭。明明陽太說他很噁心，他看起來卻有些高興。和我還有丈夫在一起時那種不安的神情消失無蹤，看起來就像找回了自信。常識是一種傳染病，因此很難一個人持續自給自足。也許是陽太過來，讓由宇時隔許久，又補充到與自己相同的常識了。

「由宇過來這裡住以後，我因為擔心，有時候會過來看看。我太久沒見到奈月了，又想起了當年的往事，所以變得有點神經質。」

「我懂。」

由宇附和著，殷勤地往陽太的杯子裡斟茶。

「後來你們就完全沒見面了嗎？」

「自從那天以後，連聯絡都沒有。」

由宇當下回答，陽太感慨良多地說：

「就是說呢。那件事以後，姑姑再也沒有過來，聽說幾乎是被斷絕關係了。我也是直到參加姑姑的葬禮，才知道原來她是自殺的。」

「姑姑是自殺的嗎？」

姊姊沒有告訴我死因，所以我很驚訝。

「妳不知道？」陽太看我。「都沒有人告訴妳呢。」

「……嗯。」

「後來親戚們就這樣四散各地了。我真的覺得我們做錯了。」

由宇低聲喃喃。

「……做錯了。原來由宇心裡是這麼想的。」我說。

「每個人心裡都這麼想。」

由宇筆直地迎視著我說。

「我們做錯了。」

由宇瞪著我，我嚥了口唾沫，想要反駁，這時陽太發出開朗的聲音打斷我們：

「不過奶奶家真的是舊了呢。佛壇的房間，榻榻米是不是爛得差不多了？」

「是啊。真不敢相信那時候有那麼多小孩子擠在這間起居間玩耍。」

「是啊，不敢相信。」

我和由宇都點點頭。

「夏天的時候，我們都在庭院放煙火呢。總覺得好像一場夢。」

由宇也瞇起眼睛，像在回溯記憶地說：

「陽太每次都拿兩根，老是被舅舅罵。」
「我最討厭仙女棒那種小家子氣的煙火了。爸爸每次都幫我放特大號的高空煙火。」
「我曾經跟陽太搶降落傘煙火，還為此大打出手呢。」
我們聊著彼此的記憶。在過往的世界裡，我們確實總是一起坐在這邊的簷廊吃西瓜。那是如今再也不復見的光景了。

我們三人一起用了早餐，陽太和由宇坐車下山了。
陽太關心地問我：
「奈月，妳一個人待在這裡，不如一起來我家？妳可以睡我老婆的房間。」
但由宇勸阻說：「沒有經過丈夫的許可，自作主張不好。」
只要有常識這張保護網，人就可以制裁別人。面對正氣凜然地瞪著我的由宇，我點點頭說：「我一個人睡這裡就好。」

隔天中午過後，丈夫回來了。
我正坐在暖桌旁無所事事，聽到門口打開的聲音，丈夫面無血色地站在玄關。

「智臣，你回來了，怎麼了？」

「有人在追我，我得趕快躲起來。」

我還沒來得及問顫抖的丈夫出了什麼事，門外便傳來車聲，丈夫尖叫：「噫！」

我把丈夫藏到廚房，出去一看，不是追兵，而是由宇的車。由宇悠哉地下了車。

「我在路上看到像是智臣的計程車，他已經回來了嗎？」

「其實他……」

我正要說明，外頭再次傳來車聲，我提心吊膽地過去一看，這次是一輛黑色的大轎車。一條漆黑的人影下車來。我扯著由宇的手，火速進入家中，關上門鎖。

「怎麼辦，由宇？『工廠』的使者來追殺智臣了。」

「使者……？」

丈夫蹲在廚房。

沒多久，玄關霧面玻璃門另一頭冒出一道大黑影：

「智臣！滾出來，我知道你在裡面！」

由宇附耳問我：

「那是誰？」

「智臣的爸爸。」
由宇瞪圓了眼睛：
「那得請人家進來啊！怎麼可以把他趕回去？」
由宇對著門外招呼：「不好意思，我是這裡的住戶。」然後說著「我這就開門」，打開了門。
玄關前站著氣得臉紅脖子粗的公公。
「不好意思，我兒子在裡面嗎？」
公公逕自大步踩進屋子裡，扯起嗓門喊：「智臣！」
沒多久，丈夫從廚房被拽出來了。
「你這個不肖子！」
我看著丈夫挨揍的樣子，覺得很像電視劇。
小時候看家庭劇，不管劇情有多嚴肅，我經常都會看到笑出來。那樣的場景實際在眼前搬演，而且每個人都徹底入戲，讓我看得都快忍俊不禁了。
「智臣的父親，請你先冷靜下來吧！」
拚命勸阻的由宇也演得入木三分，完全融入公公一手執導的家庭劇。

「別再打了！救命！」

丈夫悲痛地慘叫。由宇拉住公公，丈夫投奔我的腳下。

我問丈夫：

「你真的希望我救你嗎？」

玄關有割草的鐮刀。

「智臣，你真的想要我救你嗎？我可以不擇手段幫助你。」

丈夫似乎發現我在看什麼，急忙搖頭：

「不，其實我不想要妳救我。」

「這樣，好。」

我點點頭，眼前的丈夫再次被甩開由宇的公公抓住，繼續上演家庭劇：「別再打了！饒了我吧！」「你這個不肖子！」公公入戲地大罵，不停地毆打丈夫。

丈夫的牙齒飛到我的腳邊來。牙齒鮮血淋漓。我撿起血淋淋的牙齒，放進口袋裡。

丈夫旁邊，由宇拚命地抓住兩人喊：「不要打了！」「請冷靜下來！」比起我來，他更像丈夫的妻子。

據公公說，丈夫真的跑去哥哥家，正經八百地要求和他近親相姦。他拚命地說，這並非出於戀愛情感，而是透過近親相姦的行為，他希望蛻變成人類以外的其他生物。

大伯懷疑丈夫迷上了邪教之類的東西，偷偷用 iPhone 錄下對話，當下只是安撫他，請他吃飯。等丈夫喝醉了在沙發睡著後，大伯跑去找公公，說弟弟好像精神失常了。不知情地熟睡的丈夫，被暴怒的公公打來的電話吵醒，匆匆搭乘新幹線和計程車逃到了秋級。但公公從我父母那裡問出秋級的地址，輕易地追了上來。

我和丈夫就這樣被拖上公公的車。

「你們兩個都幾歲的人了，成何體統！」

公公憤憤地踩下油門。

就宛如那年夏天的那一天，我再次被帶回「工廠」了。正常的人們再次把我帶回那個城鎮。不經意地望向車窗外，由宇佇立在土倉庫前。由宇呆呆地張著嘴巴目送車子。車子往前駛去，由宇的身影愈來愈遠。

6

被帶回「工廠」以後，等待著我們的是日復一日的偵訊與盤問。

公婆和我父母聯絡，我們先被帶回各自的家，分別接受訊問。丈夫和我各別被帶回東京成城的夫家，以及千葉新城的娘家。

雖然我有些期待終於要被徹底洗腦了，但考慮到丈夫，我選擇了三緘其口。父母還動不動就回娘家的姊姊每天都試著從我口中套出什麼，但我堅持不開口。

「只要遇到這種狀況，奈月就會冥頑不靈……」

母親嘆氣。

偵訊開始後過了一星期，這天晚上母親以令人起雞皮疙瘩的親暱態度，拿出白蘭地酒瓶問我：

「偶爾一起喝一杯怎麼樣？」

「不，不用了。」

我依然拒絕。

「別這樣說嘛，咱們兩個女人家，偶爾邊喝酒邊聊聊體己話也不錯呀？」

我很少看到母親喝酒，但她只在白蘭地兌了冰塊就喝了起來，或許其實酒量很好。

我也勉為其難地啜了一口母親為我倒的酒。雖然嚐不出味道，但我喜歡冰塊冰涼的觸感。片刻之後，母親突然說：

「奈月啊……之前我遇到親家，跟他們聊了一下，聽說妳跟智臣都沒有『親熱』？」

我大吃一驚。

因為我完全沒料到丈夫會洩漏我和他之間特殊的婚姻生活。

「這怎麼行呢？這對夫妻來說是很重要的啊。媽也在電視上看過，有些年輕人雖然一開始常常『親熱』，但後來就變成無性生活，可是你們兩個是連一次都沒有『親熱』過，不是嗎？」

我聽到細微的叮噹聲，低頭一看，是杯子在振動。我懷著不可思議的心情看著自己顫抖的手。

「『親熱』也是做妻子的本分啊。智臣的工作都做不長對吧？從這個角度來看，妳也得好好地支持他才行呀。你們是夫妻嘛。」

我的身體不屬於我。我一直偷偷地逃避身為「工廠」工具的職責。我覺得遭到譴責的時候終於到來了。我一直認命接受，同時又百般盼望著被地球星人群起圍攻、徹底洗腦的這一天。然而我完全沒想到它會來得這麼快、會是這樣的形式。

我說我想跟丈夫見面談談，母親開心地說：

「對對對，應該要這麼做。你們已經分開一星期了嘛，一定很想對方，對吧？畢竟是夫妻嘛。」

母親撫摸著我的背說。

「好嗎？媽說的話，妳都懂了吧？要好好地跟智臣『親熱』喔。智臣這個人很晚熟，你要好好教他，手把手一步步帶領他，不過要做得聰明、不著痕跡，不可以傷了做丈夫的自尊心。這是可愛的妻子的職責所在。」

隔天我前往成城的夫家，按了門鈴，婆婆和顏悅色地請我入內。

「啊，奈月，妳媽跟我說過了。今晚妳就睡在這裡，明天再一起和智臣回家吧。」

我被帶到起居室，和婆婆一起喝茶。

「請問，智臣人呢……？」

「噢，他啊，妳看到他可能會嚇一跳……」

起居室的紙門打開，公公現身了。

後面跟著丈夫。丈夫好像被打得很慘，臉和手臂青一塊紫一塊的，一顆頭被理成了大平頭。公公不悅地瞥了我一眼，說：

「妳終於來了。真是的，智臣跟妳的腦袋都有問題。居然連做都沒有做過？簡直比石女還要糟糕。」

「哎唷，孩子的爸，那種稱呼在現代可是歧視呢。奈月是年輕的新世代女性嘛。你要好好理解年輕人的想法才行啊，對吧？」

婆婆為公公泡茶，對我微笑道。

「我管它那麼多。我最瞧不起不盡義務，只知道主張權利的傢伙了。」

公公心情很差，對婆婆泡的茶也嫌說：「太苦了，重泡！」

婆婆苦笑，在茶壺裡沖入新的熱水，盯著我說：

「你那樣說，人家奈月也會心生反感的，對吧？」

「反正你們給我生孩子就是了。要是不能行房，就給我離婚。你們兩個根本就是異常！」

被理成大平頭的丈夫氣若游絲地說：

「我們要怎麼做，是我們的自由。」

婆婆嘆氣：

「智臣啊，夫妻倆一開始常常『親熱』，後來變得像家人，感情逐漸冷卻，丈夫在外頭花心，這樣的事從以前就時有所聞。畢竟有外遇才是真男人，你爸以前也有過不少往事。可是啊，從一開始就完全沒有『親熱』的話，根本不能叫做夫妻啊。」

「在洛杉磯，夫妻沒有行房，就可以構成離婚要件。你們應該去看醫生諮商。」

我不知道怎麼會突然冒出洛杉磯來，但公公表情嚴肅，婆婆啜飲著新泡的茶。

「對呀。奈月也是，既然妳都嫁進我們家了，不好好盡『妻子』的義務是不行的。」

丈夫垂著頭喃喃：「你們都瘋了。」

半夜我起身去廁所時，聽見公公和婆婆在說話。

「那個女人都那個年紀了，還有月經嗎？不會早就停經了吧？」

「討厭啦，孩子的爸！這一點還不用擔心啦。不過以生第一胎來說，年紀是有點大了。」

「是不是應該趕快叫他們分了，叫智臣娶別的女人？」

「可是智臣這孩子從以前就很難搞，而且又晚熟。唔，我覺得再觀察個一年也不遲吧？假如還是沒懷孕，再來考慮下一步。男人不像女人，就算上了年紀，只要女的年輕就沒問題了。」

被這樣徹底地當成工具看待，至少比扯什麼戀愛更明快多了，我反而不覺得生氣。平常隱晦含蓄到令人頭皮發麻，但說穿了人類工廠的這些人，目的不就是生產人類罷了嗎？我甚至想對曝露出本性的公婆說聲「活該」。

反倒是丈夫為了公婆的態度難過極了，吃早飯的時候，他也拚命替我說話：

「奈月是特別的。像她這樣的人，全地球找不到第二個了。」

「看你，對她這麼死心塌地的。不過是啊，奈月真的很另類嘛。」

婆婆咯咯地笑，在丈夫的碗裡添飯。

我也咯咯笑。婆婆用詭異的眼神看著我。

這個人的子宮，還有坐在那邊的公公的精巢，都是工具呢。明明只是基因支配下的工具，卻一副趾高氣揚的樣子。看來他們連自尊都被控制了。地球星人實在是既可憐又可愛的生物，讓我覺得滑稽起來了。

即使被工具當成工具，我也不痛不癢，比起這些，父母和姊姊莫名諂媚地親近我，更讓我渾身發毛。

「我懂奈月的心情。因為我年輕的時候也是這樣。」

母親說，姊姊也點頭附和：

「對啊，我懂。可是啊，孩子一出生，真的就會完全改觀，驚訝世上居然有這麼可愛的生命。」

母親和姊姊不斷地告訴我「為人母」是一件多麼美好的事，宛如宗教洗腦。我毋寧是渴望受到洗腦的，但即使唸經似地反覆唸誦「母性是美好的」，也不可能洗腦我，只讓我覺得完全說不通。我聽著母親和姊姊的「我懂我懂」，內心吶喊著：多下點工夫洗腦我好嗎！長達數小時的語言轟炸後，丈夫和我總算擺脫了偵訊和盤問，回到自己的公寓了。

「啊，真是太噁心了。」

我嘆氣說。丈夫愧疚地低著頭：

「都是我，害妳也被審問了。真的對不起。」

「沒關係，我是外星人，這一點都不算什麼。倒是智臣，你還好吧？」

丈夫點點頭，但臉色很糟。他或許快要瀕臨極限了。

週末，小靜久違地找我出去，丈夫也說要和小學同學吃飯，我們各自出門外食。

吃完飯回家後，我正呆呆地坐在沙發上，玄關傳來聲響。

「你回來了。」

「我回來了。」

丈夫神情陰沉。看到那張臉，我直覺地問：

「難道，『工廠』派人說服你？」

「……難道妳也是？」

我點點頭。

我和丈夫都因為老朋友邀約而出門，但其實那是「工廠」的圈套。

今天小靜的丈夫幫忙看小孩，我和她去站前購物商城裡的義大利餐廳吃飯。

「其實呢，是阿姨拜託我來找妳談談的。」

聽到小靜這麼說，我心想：糟了。

我沒什麼朋友，所以小靜找我吃飯，讓我很開心，而且終於能夠擺脫父母和姊姊的審問，大快人心，因此我忍不住開心地跑去赴約，但原來小靜和我的父母一直有聯絡。

「我是妳朋友，所以才跟妳說，奈月，妳這樣真的很奇怪。妳沒在上班的時候，也都沒有好好做家事不是嗎……？我每次聽妳說，都覺得妳老公會幫忙分擔家事，真的很棒……可是，我之前不知道居然煮飯洗衣打掃全部都是各做各的。分擔是很好，可是完全各做各的，未免太奇怪了，這樣簡直就像室友吧？這不叫夫妻吧？而且你們居然連一次都沒有『親熱』過，我真的嚇到了。」

嚇到的人是我。之前毫無所覺、甚至懷疑我懷孕的小靜，到底怎麼會連我們的房事狀況都知道得一清二楚？雖然不知道是母親還是姊姊，但她們究竟向外人洩漏了多少我們夫妻間的事？萬一連「逃脫.com」的事都曝光，我們或許會被迫離婚，想到這裡，我真的覺得毛骨悚然。

但是，小靜好像並非連我們如何認識的都知道。或許這件事會從丈夫的朋友那邊走漏出去，聽說丈夫的朋友偶然聽到他說會分擔家事，從此以後就說我是「惡妻」。雖然不知道中間的管道，但或許小靜得知了這件事。

「我認為夫妻就是要『親熱』，才能算是真正的夫妻。」

為什麼地球星人突然異口同聲地把性交稱為「親熱」？也許地球星人之間，用詞是會傳染的。

「奈月，如果妳們就這樣沒辦法『親熱』，我覺得離婚比較好。這樣才是為了彼此著想。因為不『親熱』的夫妻，實在太異常了。」

我敷衍地應著「嗯」、「是啊」，瞄著時鐘，盤算還要幾小時才能回家。丈夫似乎也一樣，遭到「工廠」派出的老友費盡口舌苦勸，他嘆了一口氣，雙手掩面。

「為什麼我們非得吃這種苦不可？明明我們只是過著自己幸福的日子。」

丈夫抱著頭，深坐在沙發裡。

「我們被監視了。被『工廠』的爪牙盯上了。我們再也逃不掉了。」

「在地球，夫妻就非交尾不可嗎？」

「工作我還可以接受，但我絕對不要交尾。如果我跟妳交尾，我們就再也不是我們了。」

「可是，我們的身體並不屬於我們，而是屬於世界。我們的身體是工具，如果不交尾，就會遭到迫害。」

「為什麼？這明明是我的身體。」

「因為這裡是『工廠』。我們大概是基因的奴隸。」

丈夫低垂著頭，一動也不動。也許他在哭。

公寓的門鈴響了。可能是宅配，也可能是「工廠」的使者又來了。

隔天早上，姊姊說她有話要跟我說，把我找去站前購物商城附近的ＫＴＶ包廂。

我已經受夠被找出去和各種遊說了，但姊姊說「我有些不能在媽的面前說的話要告訴妳」，我只好情非所願地前往會合場所。

我一直很小心不讓任何人看到我的手機，但搞不好姊姊知道我和丈夫加入的「逃脫.com」網站。如果連這件事都被公婆知道，我和丈夫應該會很難繼續維持夫妻關係。姊姊是戀愛宗教信徒，無論如何都必須讓她相信我「愛著」丈夫才行。我這麼想，在包廂與姊姊面對面，正喝起送來的烏龍茶，沒想到姊姊提起的卻是意料之外的話題。

「其實我知道的。我知道為什麼妳沒辦法跟丈夫『親熱』。」

姊姊悠閒地繼續說下去。

「奈月，以前妳被補習班的老師『惡作劇』過對吧？」

瞬間，喉嚨抽緊，我無法呼吸了。

「……妳怎麼、知道？」

「我看到了。祭典那一天，妳很晚都沒有回家，我去接妳，看到妳被一個男人帶進屋子裡。我很好奇，繞到庭院看了屋子裡面，結果看到妳跟老師在親吻。」

我有做過親吻這種行為嗎？那個時候的記憶一片模糊，我無法明確地說沒有。

姊姊沉醉地說：

「那個時候，我真是羨慕死了。」

「羨慕……？」

我只能像個白痴似地鸚鵡學舌。

「因為妳還那麼小，就能被那種讀好大學、又那麼帥的男人看上，教人怎麼能不羨慕？那個時候，我一直相信只有上帝允許的人才能談戀愛。長得又胖又醜、體毛又多，是全校笑柄的我，上帝不可能允許我談戀愛。可是奈月妳不一樣。不只是表兄弟由宇，連成年的男人都『愛上』妳，我真的好眼紅。」

我不懂姊姊在說什麼。

「以前我一直深信不疑。我相信就像灰姑娘的故事那樣，雖然我又醜又慘，可是總有一天王子會找到美好的我。可是，那個時候根本沒有人願意看我一眼。上帝不允許我談戀愛。可是那個老師死掉了呢。是妳殺死他的嗎？」

「怎麼可能？」

我當下回答，姊姊點了點頭說：

「就是說嘛。可是喏，妳那時候還那麼小，也不明白女孩子『被愛上』是一件多麼美好的事，所以我懷疑搞不好是妳殺了老師。不過不可能呢，那時候妳才小學六年級嘛，不可能殺死一個大男人。」

「小孩子怎麼可能做得出那種事？那是變態下的手吧？新聞都有說。」

我努力冷靜地說，但語尾還是微微顫抖了。姊姊臉上依然掛著那近乎詭異的笑容，直盯著我的臉看，難得穿裙子的下身不停地交換蹺二郎腿的兩條腿。

「就是說呢。如果是妳殺的，我就必須不擇手段包庇妳才行了。因為殺人犯的姊姊，一輩子都不可能有人『愛上』。這樣一來，做為一個女人，這輩子豈不是都毀了？」

姊姊微笑，沾到門牙的口紅因唾液而反光。姊姊都已經成年了，卻依然把生命的鑰匙交到別人手中，她都不會害怕嗎？她怎麼能表現得如此神采奕奕？

「可是奈月，妳不能再這樣下去。姊姊要狠下心來告訴妳，妳這樣繼續逃避，是不可能被允許的。妳要跟丈夫『親熱』，生孩子，過正常的人生。」

「誰？誰不允許我？」

「所有的人。全世界。」

姊姊直截了當地回答。

「我呢，青春期的時候真的是一場苦難。可是認識現在的丈夫，我終於成為有價值的人了。多虧丈夫找到我，我才能有現在這樣身為女人的幸福。丈夫『愛上』了我，我真的非常幸福。所以我絕對不會讓這份幸福被破壞。奈月，妳也快點忘了過去，找到身為女人的幸福吧。對我們姊妹來說，這樣才是最好的。」

我反射性地按住右耳。尖銳的電子嗶嗶聲在耳中作響，姊姊的聲音變得好遙遠，就好像從電話另一頭傳來的一樣。

「由宇也是，他好像終於想要變『正常』了。聽說你們一離開，他就跟叔叔說要搬出秋級的家。現在他暫時住在叔叔家，在找工作和住的地方。」

「由宇他……」

就像我和丈夫一樣，由宇也要變成「人類工廠」的零件。我茫茫然地這麼想，聽著姊姊摻雜在電子嗶嗶聲中的聲音。

回到家以後，我打開衣櫃。輕輕打開白鐵盒子，比特躺在裡面。

「比特，回答我，求求你。」

時隔二十三年，我再次向比特說話，但比特毫無反應。

「我想再用一次魔法。我殺死的是魔女對吧？求求你，回答我。」

也許是太久沒有洗了，比特散發出霉味。我抱著比特蹲下來。比特一動也不動。也許是我的顫抖傳了過去，放在膝上的盒子裡，鐵絲戒指發出喀喀撞擊聲。

我似乎在不知不覺間睡著了，醒來一看，臉上的妝和外出服仍維持原樣。我走出房間想要洗臉，發現丈夫西裝筆挺，對著客廳的鏡子打領帶。

「怎麼了？你要出門嗎？」

「奈月，早。」

丈夫的表情很僵硬。

「我決定要服從『工廠』。第一步就是去職業介紹所找工作。」

「嗯……」

「然後去公所拿離婚協議書回來。」

「……離婚協議書？」

「奈月，我們離婚吧。」

丈夫脖子上掛著歪七扭八的領帶轉向我。

「為什麼？」

「我已經不行了。我被『工廠』抓住了。可是妳、至少只有妳，一定要逃掉。妳要逃出生天。」

我開口想要說什麼，但丈夫用力抓住我的雙肩，像要制止我說話。

「我知道由宇在懷疑妳不是外星人，或許妳自己也在懷疑自己。可是妳就是波哈嗶賓波波比亞星人，絕對就是。我知道的。」

我驚訝地仰望丈夫。丈夫的眼睛一片漆黑，是在秋級看到的太空的顏色。

「只有妳，一定要逃離『工廠』。我要成為工廠的奴隸，過著形同行屍走肉的人生，但妳要活下去。只要妳能做為波哈嗶賓波波比亞星人活下去，我一定也能活下去。」

丈夫比我更瞭解我。確實，我總有些懷疑其實自己根本是地球星人。我會認為自己是波哈嗶賓波波比亞星人，是為了保護自己的一種精神疾病，所以最後一定只有成為「工廠」的奴隸這條路可走。

原來丈夫知道我這樣的想法。

「我……以前可能殺過人。」

我仰望丈夫說。

丈夫沒什麼地說：

「這樣啊，妳是波哈嗶賓波波比亞星人嘛。殺死地球星人，一定就跟人類殺老鼠一樣，沒什麼差別吧。然後呢？」

「什麼然後？」

「接下來呢？」

「就這樣。」

「什麼啊。」

丈夫嘆了一口氣。

「你不怕我嗎？」

丈夫放開我的肩膀，重新打起領帶說：

「真正可怕的，是把世界逼你說出口的話，當成自己的意志。但妳不一樣。所以妳一定是波哈嗶賓波波比亞星人。」

我一把抱住了丈夫。丈夫似乎嚇了一跳，瞬間想要後退，但很快就放鬆下來，撫摸我的背。這是我第一次接觸到丈夫的體溫。丈夫的體溫很低，胸膛和手都冷冰冰的。

我放開丈夫，宣言說：

「我是波哈嗶賓波波比亞星人，然後從現在開始，你也是波哈嗶賓波波比亞星人。波哈嗶賓波波比亞星人會傳染，就像地球星人會把別人傳染變成地球星人，波哈嗶賓波波比亞星人也會傳染。所以現在的你一定也早就是波哈嗶賓波波比亞星人了。」

我抓起丈夫冰冷的手。

「我們一起逃走吧！」

「逃去哪裡？」

「我想去靠近星星的村子。」

「那最好帶由宇一起去。如果波哈嗶賓波波比亞星人會傳染，那由宇一定也已經被傳染了。我們去由宇在等我們的秋級吧！」

「由宇已經不在那裡了。聽說我們一離開，由宇也離開秋級的家，去投靠叔叔了。我之前沒有告訴你，可是其實由宇是波哈嗶賓波波比亞星人。他小時候告訴我的。或許由宇只是迷失了，忘了自己的真實身分。可是由宇一定也是波哈嗶賓波波比亞星人的。」

聽到我這番話，丈夫大叫：

「天哪！那我們得趕快去救他。這樣下去，由宇會被傳染成『地球星人』的。」

我們簡單收拾行李，跳上計程車，前往車站。

「奈月，妳知道妳叔叔家的地址嗎？」

「嗯，通訊錄裡面有。」

「太好了，我們立刻過去吧。」

「……欸，為什麼你要這麼認真替由宇著想？」

聽到我的問題，丈夫歪起腦袋，就好像不解其意。

「他不是幫忙我們，把我們藏起來嗎？不光是這樣，他還允許我說我自己的話。地球星人或許沒有意識到，但這樣的對象，一輩子難得遇到一個。這是奇蹟。我想要報恩。」

「謝謝你。」

我緊緊地握住丈夫的手。

「能夠來到這個星球，和你結婚，真的太好了。」

車窗外，一片亮白的「人類工廠」急速遠離。「人類工廠」當中，無數對男女今天也在努力繁殖。

叔叔家在長野站不遠的地方。

在我的記憶中，這是第二次來叔叔家。父親和叔叔並非感情不睦，但沉默寡言的父親和社交外向的叔叔在一起似乎很累，即使叔叔邀他御盆結束後順便去家裡作客，父親也多半婉拒。只有一次因為遇上颱風，實在回不了家，全家在叔叔家過夜。

雖然我是臨時從車站打電話過去，叔叔仍爽快地答應我們去打擾：「歡迎歡迎！」我們搭計程車到叔叔家，叔叔說「歡迎光臨，由宇出去買東西，不過很快就回來了」，請我們進客廳。叔叔家比小時候的印象更要寬闊、安靜。上次來的時候嬸嬸也在，年幼的陽太和另外兩個堂弟在家裡跑來跑去，非常熱鬧，但現在嬸嬸早已過世，叔叔已經一個人獨居了很久。

叔叔說，由宇一離開秋級的家，便立刻過來這裡，暫時住在二樓以前的兒童房。

「由宇說他會自己找住的地方和新工作，但我覺得那樣太辛苦了，硬是要他留在這裡。」

由宇一開始好像在長野找工作，但找不到適合的職缺，最後決定下星期搬到東京的公寓套房，參加幾家公司的面試。

「我是叫他慢慢來啦。由宇因為家庭環境，吃了很多苦，所以我希望他可以自由一點，得到幸福。他這孩子就是太認真了。」

我們正在聽叔叔說話，這時傳來開門聲。

「啊，看來說曹操，曹操就到。」

聽說去買面試用西裝的由宇走進客廳，看到我們夫妻在這裡，表情僵住了。

「他們很擔心你，特地過來看你。」

「擔心……呃，奈月和智臣，你們自己沒事嗎？跑來這種地方沒關係嗎？」

「我們決定從今天開始離開『工廠』。」

丈夫說，由宇驚慌地制止：「智臣！」

叔叔似乎以為「工廠」是在說工作的事，對丈夫說「不景氣真的很糟糕呢」。然後他說：「那，奈月，你們應該有很多話要聊，我就失陪了。我還得去遛狗呢。」他留下一句「慢慢聊」就離開客廳了。

「……如果說些奇怪的話，會引起猜疑的。一旦被認定不正常，往後就會活得很辛苦。」

確定叔叔出門以後，由宇嘆了一口氣，坐了下來。

「由宇，你真的要離開秋級嗎？我們打算逃離『工廠』，住在那裡的家，你要不要和我們一起去？真的有必要連你都變成『人類工廠』的零件嗎？」

「智臣，謝謝你的關心，可是我原本就只打算在那個家休息一段時間而已——就像小時候放暑假那樣。我反而是休息太久了。」

「可是你是波哈嗶賓波波比亞星人。」
聽到丈夫的話，由宇一陣狼狽。
丈夫上身前傾，抓住由宇的袖子：
「奈月告訴我了。你是小時候搭乘太空船來到地球的波哈嗶賓波波比亞星人。怎麼都不告訴我呢？」
「那是……那是小時候天馬行空的幻想罷了，不是真的。」
「什麼叫真的？看在我的眼裡，你就像是在勉強自己變成『地球星人』。」
瞬間，由宇低下頭去，但他立刻抬起頭來，筆直迎視我和丈夫：
「我聽得到命令。從小開始，大人即使不出聲，我也聽得到他們想要我怎麼做。尤其是我媽，雖然她沒有說出口，但總是在命令著我。所以我完全不思考，只是聽從命令。我知道要『活下去』，就只能這麼做。」
由宇淡淡地述說，我和丈夫靜默地看著他。或許這是我第一次看到由宇說這麼多話。
「我媽過世以後，我改為聽從大學老師和身邊大人的聲音。進公司以後，就聽從公司的聲音。一直以來，我都聽從著『命令』，完全不加思考。當公司突然以接近倒閉的形式被併購時，我也依著公司的希望離職了。可是從那天開始，我再也聽不到先前那樣囉唆地支配著我的各種『命令』了。我不知道該做什麼好、該如何活下去了。因為一直以來，聽從無聲的『命令』，就是我活下去的方法。」

丈夫更用力地抓緊由宇的袖子。我覺得衣服會被他抓皺，但由宇絲毫不在意，繼續說下去：

「就在這時候，舅舅建議我休息一段時間，說如果我願意，可以來他家住一陣子。這時我忽然心想，我好想再去秋級的家。可是，這樣的生活也已經結束了。新的『命令』差不多又要出現了。只是這樣而已。」

丈夫仰望著由宇的臉，面露天真的哀傷神情，就好像挨罵的純真赤子。

「由宇……那樣的話，你不就真的淪為『人類工廠』的工具了嗎？你明明是波哈嗶賓波波比亞星人啊！那明明是一件美好的事啊！」

我不安起來，小聲問由宇：

「由宇，我以前也用你聽不見的聲音命令著你嗎？」

由宇一臉意外地看我：

「妳嗎？這……我確實總是感覺到妳在發出聽不見的聲音，但有別於大人對我下的命令，那是ＳＯＳ信號，那聲音莫名地吸引我。或許是因為我覺得跟我很像吧。所以我是出於我的意志，和妳在一起的。」

「這樣啊……」

我稍微放下心來，不過小時候的由宇，確實是個很會察顏觀色、做出眾所期盼的行動的孩子。他這番話或許也只是察覺到我希望他這樣說而說的。

「那，由宇你打算就這樣變成地球星人囉？這就是你的願望囉？」

「我的願望……」

被丈夫這麼一問，由宇的表情變得微妙。

「我沒有願望。我的願望只有活下去。」

把生命運送到未來——從這個意義來看，宇由的選擇或許是對的。我不知道該說什麼好，這時旁邊的丈夫站了起來。

「我知道了。那麼，至少我們來辦場離婚典禮吧！」

「離婚典禮？」

由宇無法理解地複誦道，我也不安地仰望丈夫。

「由宇和奈月小時候辦過婚禮對吧？我和奈月也結婚了。但婚姻這類契約，和往後的我們已經無關了。來這裡的路上我一直在想，我要辦一場切斷這一切關係的儀式。」

丈夫摘下無名指上的戒指，放到桌上。

「來吧，奈月也拿下戒指。」

我急忙摘下戒指，放在丈夫的戒指旁邊。

「等一下，既然如此，這個也要。」

我從皮包裡取出白鐵盒子，把小時候和由宇交換的鐵絲戒指也放在旁邊。

「奈月，妳居然還留著那個。」

由宇似乎很驚訝。

「我的戒指被我媽發現丟掉了。好懷念。」

「我們一起在這裡發誓離婚吧！祝福我們的結束，以及新的開始。」

丈夫催促，我和由宇圍著桌子站了起來。他牽起我的手，我連忙仿傚，三人圍著戒指形成一個圓。

丈夫語氣肅穆地開口：

「笹本由宇，你將要解除與奈月的夫妻關係，變成完全無關的兩個人。你發誓無論健康或生病、快樂或悲傷、富有或貧窮，都不會特別去愛她、尊敬她、安慰她、幫助她，只為自己活到生命的最後一刻嗎？」

「……是，我發誓。」

「宮澤奈月，妳發誓妳將與由宇分開獨立，只為自己活到生命的最後一刻嗎？」

「我發誓。」

丈夫深深地點頭，說：「那麼，由宇，請你主持我們的離婚儀式。」

由宇仍一臉困惑，但依著丈夫所說的，對我們問道：

「呃，宮澤智臣，你將要解除與奈月的夫妻關係，變成完全無關的兩個人。呃……你發誓無論健康或生病、快樂或悲傷、富有或貧窮，都不會去愛她、尊敬她、安慰她、幫助她，只為自己活到生命的最後一刻嗎？」

「是的，我發誓。」

「奈月，妳也這麼發誓嗎？」

「我發誓。」

丈夫用力點點頭：「這樣一來，我們就彼此分開了。我們再也不是一家人，將『三隻』各過各地活下去。」

然後他說：

「那，戒指我們會負責處理掉。謝謝。」

丈夫伸出手去，由宇不知所措地與他握手。

「……那，保重。」

我和丈夫一起離開屋子。

「法律上，我們或許還是夫妻，但現在我們已經超越了這種關係。」

「嗯。」

我點點頭。丈夫仍是我的丈夫，但比起丈夫，他更是波哈嗶賓波波比亞星人。我覺得這樣的關係，比婚姻更能信任。

我們邊走邊張望，尋找有計程車經過的大馬路，這時後方傳來開門聲。

「那個……你們要離開了嗎？」

「對，我們這麼打算。」

丈夫開朗地回答走出屋外的由宇。

「如果你們不嫌棄，我開車送你們。不……如果可以，我也……不，怎麼會呢……」

由宇似乎陷入混亂。丈夫訝異地問：「怎麼了嗎？」

「我也不明白。可是，我得到自由了。我不喜歡自由。自由和『命令』不一樣，沒有路標，什麼都沒有。可是現在這一刻——不，一定從更久以前，我就得到自由了。」

由宇抬頭注視著我們，就像下定某種決心。

「……我改變心意了。我也要一起去。除了和你們一起走以外，我想不到能如何運用我的自由。」

丈夫頓時笑逐顏開，抓住由宇的雙手說：

「我太高興了！原來你的自由和我們的自由在同一個地方，世上再也找不到這樣的奇蹟了！」

由宇似乎仍在困惑：

「……『工廠』在追捕你們對吧？要去秋級的事，最好也不要告訴舅舅。晚點再打電話跟舅舅說，我們三個一起去了東京。我幾乎沒什麼行李，請等我一下。」

然後他要我們先上車。我不知道由宇是出於什麼樣的想法決定和我們一起去秋級，但一想到我們又可以三隻一起生活，讓我很開心。

我和丈夫坐上由宇的車子後座。

「啊，月亮出來了。」

丈夫說。留神一看，時間已近傍晚，天空即將從水藍色轉為暮色。

窗外，夜晚的街道華燈初上。燦光密密麻麻地覆蓋了星球表面。地球星人在發光的星球表面忙碌地活動著。

當天空灑滿星星時，我們再次抵達了秋級的家。

只是一小段時間無人居住，屋子外觀就變得宛如被拋棄的巢穴。屋內空氣混濁，充滿霉臭味，原本就受損的柱子和榻榻米看起來腐壞得更嚴重了。走廊掉著動物的糞便。

由宇似乎開車開累了，打開屋內窗戶換氣以後，便坐在暖桌旁取暖，再取出冷凍庫裡的御燒加熱拿來吃，這段期間幾乎不發一語。

「只有暖桌有點冷，把電暖爐也拿過來吧。」

丈夫無憂無慮，十分開朗。

「我們今後要怎麼做？」我說。

「接下來就是要決定這件事。因為我們已經成了容器。」

丈夫咬著御燒說，我和由宇怔愣地看他：

「容器？」

「不就是嗎？我們失去了母星。我們對波哈嗶賓波波比亞星人一無所知，也無法回去。所以我們是空洞的容器。」

丈夫擦了擦沾上御燒內餡茄子的嘴唇說，就像在說「事到如今才問這什麼問題？」。

「所以往後我們要做為容器活下去。或許波哈嗶賓波波比亞星人的本質，就是以容器的姿態活下去。對吧？由宇？」

突然被丈夫問道，由宇嚇了一跳，不知所措、提心吊膽地看我。

「是……這樣嗎？」

「沒錯。」

丈夫點頭說，那態度實在太果斷了，讓我覺得他就是對的。我也戰戰兢兢地點點頭。

「或許……是吧。因為我們是外星人，可是又完全不知道母星的事……其他外星人或許也是這樣。」

「沒錯。」

丈夫的口吻就好像他對外星人知之甚詳。

由宇看起來仍有些不安：

「可是，以後我們該怎麼辦？或許我們現在非常波哈嗶賓波波比亞星人，可是我們要活下去，就只能依靠地球星人的知識。會不會再過一段時間，我們終究還是會變成地球星人？」

「我們要思考。活下去，就是發揮創意。我們要靠我們自己的創意活下去。」

丈夫一臉凝重地吸了吸鼻子說。

「創意啊……」

「對。不是模仿地球星人，而是自己發揮創意活下去。我們要藉由這樣，在異星球掙扎求生。」

我聞言一驚，望向由宇的眼睛。我們現在仍在掙扎著求生。由宇似乎在沉思：

「首先要找到食物。對，就好像我們上一秒才剛迫降到這個星球。我們要以這樣的心態，重新去認識這個世界。要用『外星人的眼睛』去審視一切。這個圓形的奇妙食物很美味，這個木頭做的東西很溫暖。不過，我們要更進一步思考。身為容器的我們，在這個星球能做什麼？」

「是啊。不過這個星球非常寒冷。地球星人製造的棉被這種道具似乎很適合用來睡覺。我可以去那邊試試看嗎？」

「當然可以！」

由宇從壁櫃裡搬出被子，丟在和室裡，鑽進裡面開始睡。由宇平常總是一板一眼地蓋上被子睡覺，現在卻把好幾條被子疊在一起鑽進裡面，當成窩似地睡著了。

「總覺得好像要從這裡面生出來一樣。」

我看著由宇堆出來的棉被山喃喃道。那看起來就好像某種奇妙生物的蛹。

隔天開始，我們的生活變得和以前南轅北轍。

由宇提議，為了避免變成地球星人，我們必須每天嚴格訓練。就像過去不斷地訓練自己成為地球星人，現在則是要訓練成為波哈嗶賓波波比亞星人。我們沒必要受到早晨或夜晚的概念所束縛，但決定趁著天色明亮的時候，一起四處徘徊。天黑了以後，也找個適當的時間同樣地徘徊。

起初還有「現在是早上七點」、「現在是凌晨三點」的感覺，但漸漸地，除了天亮天黑以外，我們失去了其他的時間感。這個「容器」裡確實棲息著身為波哈嗶賓波波比亞星人的感覺，先前只是一直沉睡著罷了。所以，與其說是得到了新的感覺，更像是找回了原有的自己。

奇妙的是，透過訓練，這樣的感覺急速地發達起來。比起以前只有地球星人的眼睛時，現在我們三隻都能用外星人的眼睛，以更合理的觀點去評估事物。當有人用「外星人的眼睛」發現新事實時，其他兩隻一定會齊聲稱讚。我們不是用知識或文化，而是以是否符合「效益」來判斷所見的一切事物。

我感覺自己正以前所未有的速度飛快地進化，並納悶「工廠」的人為何不進行這樣的訓練？

「效益」的基準是「活下去」。得到當天的糧食，這是最重要的基準。

由宇是第一個在「天亮」時單槍匹馬出去，從鄰家田地偷蔬菜回來的人。

「我天人交戰，但覺得比起花掉剩餘不多的貨幣，用偷的更符合效益。」

由宇說。我和丈夫用力點頭。

「可是，如果被抓包就不能說是符合效益了。會被警察抓的。」

「是啊，要小心不能被發現。」

除了電費以外，我們盡量避免使用貨幣。用電也盡量節省，我們認為暖桌和電暖器是為了活下去而必要的，但除此之外，幾乎完全不用電。這很容易，把電燈關掉，晚上摸黑生活就行了。煮飯的時候常用到瓦斯，但外面沒人的時候，我們也經常在庭院生火炊煮。

想要不用貨幣就得到糧食，相當困難。捕捉動物食用比想像中的更耗體力，感覺不符合效益。此外，根據地球星人的知識，老鼠等較容易捕捉的小動物在衛生方面有疑慮，但大多時候只要加熱就沒問題了。

反倒是許多植物都相當危險，採集的時候必須小心謹慎。

我們急速地進化了。我們把閣樓裡的書籍，或是在紅橋另一頭用手機查到的地球星人的知識拿來對照效益觀點，世界就變成了截然不同的面貌。

「為什麼地球星人不像我們這樣努力進化呢？」

「地球星人無法拋棄過去的累積。明明那些都只是單純的資訊而已。」

由宇回答我的問題。

我們聽從身體的慾望。食慾問題經常是首要之務。排泄方面，我們直接利用地球星人製作的裝置。睡眠則是想睡的時候，就鑽進堆在和室裡的棉被山裡。比起像地球人那樣鋪開被蓋，堆成一堆鑽進裡面更要溫暖，而且兩隻、三隻一起睡的時候，還可以活用彼此的體溫。

在屋子裡，也就是巢穴裡，我們愈來愈常裸體生活。在巢穴裡，我們幾乎不是躲在被子裡就是暖桌裡，而且會四腳著地活動，或是炊煮時湯汁噴到身上，因此我們討論以後，認為更換髒衣物，或是洗衣服保持衛生，都是浪費精力。

我們兩隻雄性與一隻雌性裸體生活，也不覺得哪裡奇怪，反而感到安心。丈夫和由宇看到雌性的我，似乎也沒有什麼特別的感受。但我們並非沒有性慾。我們有時候會討論繁殖與性慾的問題。

「這裡有雌雄兩性，理論上可以繁殖。」

因為覺得燒水洗澡是浪費能源，我們三隻一起泡在冷水裡彼此取暖，這時由宇低聲這麼喃喃道。丈夫點了點頭：

「如果只是要發洩性慾，一隻就能做到，沒有必要雌雄交媾。哪一邊才符合效益？」

我們結束容易下手行竊的夜間活動，沖掉身上的塵土入睡時，總是會一起討論。

「是以繁殖為目的嗎？還是只要能發洩性慾就好了？會根據目的而不同呢。」

對於這個問題，由宇相當小心謹慎。

「如果我們生了孩子，就可以透過波哈嗶賓波波比亞星人純潔無瑕的生活，來觀察這個新的『容器』會如何變化。這樣的觀察結果一定能有助益。」我提出意見。

「實驗啊。這或許符合效益。」由宇也點點頭。

「可是，這樣會給唯一的雌性奈月造成負擔。要去別的地方找到雌的波哈嗶賓波波比亞星人，把她說服帶來嗎？」

丈夫說，由宇搖頭：

「還是算了吧，這樣會把子宮工具化。這樣一來，精巢和子宮就再也不屬於我們自己了，會變成和『工廠』一樣。」

「是啊，我也同意。」

聽到丈夫和由宇這麼說，我稍微鬆了一口氣。

「那你們都優先處理性慾，而不是繁殖，精液就直接丟掉嗎？」

「想想看有沒有什麼利用價值吧。當做糧食怎麼樣？」

由宇歪頭尋思，丈夫也聳聳肩說：

「精液應該有營養，但目前沒看到人類把精液用在料理上的例子。或許值得一試，但如果放進其他的食材，結果不好吃，那就全部浪費掉了。」

「我來查查看有多少營養價值。」

兩人淡淡地討論，一點都不像在談論性的物質。

丈夫和由宇不斷地討論，我像要打斷他們似地再次提問：

「那，我們不繁殖嗎？就剩下我們三隻波哈嗶賓波波比亞星人，就這樣滅絕也沒關係嗎？」

由宇摸著水中冒出雞皮疙瘩的手臂，點了點頭：

「嗯，滅絕了也沒關係。迫降在異星的外星人，光是能活到老死，就已經是不幸中的大幸了。而且我們的外星性質是一種傳染病，或許會有在地球覺醒的波哈嗶賓波波比亞星人從外面過來。因為我們正逐漸證明，地球星人完全可以透過訓練變成外星人。」

「是啊，不是透過繁殖，這樣的訓練才是我們增加數量的方式。如果能夠讓波哈嗶賓波波比亞星人傳染給其他地球星人，將生命運送到未來，那就太棒了！對，我們應該要大力推廣！」

丈夫大聲說，揮舞手臂。

「透過訓練，讓人類的大腦新的部分、從未使用過的部分重新覺醒！這樣一來，不僅能讓波哈嗶賓波波比亞星人進化，這樣的結果也能為地球星人帶來好處才對。」

「那，這具『容器』裡的性慾，要怎麼處理才好？」

聽到我的問題，丈夫和由宇對望輕笑：

「很簡單的。需要的時候順其自然，單獨就可以處理了。這樣做是最清潔的，也不會傷害任何人，是最乾淨的做法。」

丈夫也對由宇的話深深點頭：

「借助地球星人的知識也可以，不過聆聽身體的聲音，才能找到最適合的做法。不過不必勉強，多餘的性慾發生時再處理就行了，就和排泄是一樣的。沒有便意，就不必去廁所嘛。」

「那，戀愛呢？」

我的問題讓由宇感到不可思議：

「戀愛非常不符合效益。我以為這個問題根本不用討論。」

丈夫也歪頭看我：

「戀愛是人類為了繁殖而發明的大腦毒品，只是一種麻醉。簡而言之，是為了美化痛苦的繁殖行為而製造的幻想，用來減輕性行為的不適和噁心。如果碰到某些痛苦，或許可以利用這種麻醉，但我也認為現在沒有必要。」

「這樣啊。」

我輕輕點頭，從冷水澡盆站起來。

「我先出去了，萬一感冒就太不符合效益了。」

「是啊，天氣再繼續冷下去，就不能泡冷水澡了。會冷死的。」

我們笑著用毛巾擦乾身體，赤身裸體地跑去廚房，那裡放著今天弄來的食物。外面染上太空的色彩，不知不覺間，我們已經身在「天黑的時間」裡了。

「天亮的時間」剛開始，天空還殘留著淡淡的墨色時，室內電話響了。我們已經說好不接電話。因為由宇說讓這裡看起來像空屋，附近人家才不會起戒心，更方便行竊、更符合效益。

我們赤身裸體地窩在被子裡，等待電話鈴聲停止。

這天的電話執拗不休，連響了三次，當鈴聲終於停下時，我們整個人都醒了。

「把電話線剪掉怎麼樣？這樣就不會有鈴聲，看起來更像空屋。」丈夫提議，我和由宇也贊成：「就這麼做吧。」「這個主意好。」

我把手機放進口袋，去附近摘野草時，發現姊姊在我的語音信箱留下了大量的留言。一經過紅橋，來到收得到訊號的地點，手機立刻響起連串通知鈴聲，我急忙切成靜音模式。看看螢幕，全是姊姊的未接來電和訊息。打電話到秋級的家的一定也是姊姊。

『妳這個叛徒！』

我不懂訊息的意思，聽了語音信箱的留言。

『妳馬上給我滾回來！我不准妳連我的家庭都破壞！』

每一則留言都大同小異，我完全不懂姊姊在生氣什麼。

我擔心姊姊的執念可能不久後就會危害到這裡，回家後找由宇商量。

「我也不是很清楚，不過我猜是貴世表姊的私生活被她先生發現了。」
「咦？姊姊怎麼了嗎？」
突然聽到姊姊的名字，我嚇了一跳，由宇也一臉意外：
「妳不知道嗎？親戚之間都在傳，說貴世表姊在打工的職場似乎男女關係很亂，她先生雇了人在調查……」
「是這樣嗎？」
「好像連她小時候的事都查到了，表姊的公婆好像也有聯絡舅舅打聽。」
「我們家怎麼都沒消息？」
「或許他們也查到妳的事了。可是，只是性生活開放就大驚小怪，實在毫無效益可言。這是在留下基因，反而是值得讚賞的行為。」
認真的由宇已經完全習慣用波哈嗶賓波波比亞星人的「眼睛」看世界，似乎無法理解姊姊的丈夫和他們家的人在大驚小怪什麼。
「由宇，你會想要繁殖嗎？」
聽到我的問題，由宇歪起脖子：
「這個嘛……做為生物，繁衍後代或許才是符合效益的行為。因為這樣下去，波哈嗶賓波波比亞星人會徹底滅絕。可是我沒興趣耶。」

「這樣啊。」

丈夫應該也和由宇一樣。在屋子裡裸體生活的我們，就好像變回了偷嚐禁果前的亞當和夏娃，天真無邪。

傍晚時分，我有些在意，又一個人經過紅橋，檢查手機，發現有一則新訊息：

『就是妳告密的。我都知道。我為妳保密，妳居然恩將仇報。在妳毀掉我的家庭以前，我一定會先報復妳。』

字裡行間透露出姊姊的恨意，但我直到今天才知道出了什麼事，因此覺得她根本找錯對象了。感覺事情會很麻煩，我把手機丟到地上砸壞，丟進河裡。

或許我是戀愛了。

當我們三隻赤條條地鑽進被子裡入睡時，我想到了這個不符合效益的事實。

這天我遲遲無法入睡，只是稍微打了盹，立刻又醒了。我看著窗外的月光，茫茫然地思考自己這個「容器」所感受到的疼癢。

這幾天，我的嗅覺和聽覺都格外靈敏，覺得身體逐漸覺醒。由於和另外兩隻一起裸體生活，過去一直處於緊繃的細胞放鬆下來了。

我一直以為我的人生再也不可能感受到性慾，也一直認為這個功能已經故障了。

然而當我的肉體放鬆到極限，這具容器卻恢復了性的感受。

這是只有三隻在一起的時候才會發生的現象。在發生伊賀崎老師的事以前，我只要裹在毯子裡，或是躺在布娃娃圍繞中，有時便會有某種甜美的性的感覺在體內蠢蠢欲動，因此或許就類似那樣。由宇和丈夫的肉體，讓我感受到前所未有的安寧。

這實在太不符合效益了。我必須更努力訓練才行。

但是，我覺得總算找回了自己的肉體，感到十分幸福。

這有可能是一種麻醉，所以我想要把它保留起來。如果往後遇到強烈的痛苦時，這種麻醉或許會派上用場。我祈禱著永遠不會有派上用場的機會，妄想著我們三隻同時親吻的畫面，落入夢鄉。愉悅的快感不斷地從膝蓋內側輕搔著我。

「那邊的山上，道路好像封閉了。」

由宇一早就帶來新聞。

「這樣啊。昨天下雪了嘛。」

我悠哉地回答。

「不，在這一帶，這點雪量很普通，不算什麼。也許是發生土石流了。最近很多。」

來到秋級以後第一次看到雪，丈夫興奮極了。我以前也只在夏季的時候才會來祖母家，因此即使只是一層薄薄的積雪，雪景依然讓我覺得新鮮美麗。

由宇說這一帶真要下起雪來，不是這麼簡單的，甚至會危及生命，所以最好不要下太多雪。生長在東京的丈夫可能是很少看到鄉間雪景，注視著庭院不肯離去，說著：「好美」、「雪也能當做糧食嗎？」

「村裡好像沒什麼地球星人在活動。」

為了採集食物，我去河邊抓蟲，丈夫和由宇去摘野菜。我回來之後向由宇報告，由宇點點頭：

「昨天的雪夾雜著雨水，好像隨時都有可能發生土石流。因為道路可能被阻塞，或許也有些地球星人下山了。」

「這樣啊。不過，這下就更容易偷糧食了。」

「太好了！」

丈夫開心地說，我和由宇相視而笑。

這天我們偷來一大堆食物，飽餐一頓。

村子裡確實沒什麼地球星人留下來。雖然有不少老人獨居的屋舍透出微弱的燈光，但家中有人能開車的人家，似乎幾乎都下山了，但這裡的人家幾乎都夜不閉戶，所以我們登堂入室，不光是米和蔬菜，還偷了許多蘋果蜜柑之類的水果。

「總覺得好像最後的晚餐。」

聽我這麼說，由宇聳了聳肩：「耶穌最後的晚餐只有麵包和紅酒，非常寒酸的。」

「我不是說菜色，而是感覺好像那樣的夜晚。」

「偷了這麼多東西，搞不好我們會被地球星人處刑。」

丈夫說著，喜孜孜地大啖許久沒吃到的水果。

「如果地球星人從這裡消失，波哈嗶賓波波比亞星人就可以支配這座村子了！」

「真棒。如果可以在這裡施行新的文化和風俗就好了。並且要提防絕對不能淪為『工廠』。」

我們喝著偷來的日本酒，聊些言不及義的內容。

我還是一樣沒有味覺，但這天胃口很好。由宇用水壺燙了酒，溫溫熱熱的，感覺可以一直喝下去。太久沒喝的酒讓我醉了，唱起莫名其妙的歌來，丈夫配合著打節拍，由宇在一旁笑著。

這是個完美的夜晚。我沉沉地睡去，夢想著醒來之後，這整座村子會滿滿的都是波哈嗶賓波波比亞星人。在夢裡，姊姊和父母、公公和婆婆都變成了波哈嗶賓波波比亞星人。夢中的盛宴宛如永遠持續。丈夫和由宇的呼吸聲和振動湧至夢境與現實的交界處，兩人的體溫貼近在夢中歡笑的我。

腦袋一陣猛烈的衝擊，我醒了過來。疼痛與睏倦讓我整個人一片迷糊，微微睜眼一看，黑暗中有一條朦朧的光束往上照出一個圓。

我反射性地在地板上翻滾，閃開隱約可見的影子輪廓。

上一秒鐘躺著的位置傳來「咚！」的一聲，劇烈地震動。

「是人類嗎？」

我反射性地喊叫。

定睛一看，似乎是一個巨大的生物揮起了某樣物體。對方聽到我的聲音，抖了一下。

我爬了起來，跑到祖父生前使用的櫃子。眼睛逐漸適應黑暗，還沒來得及思考，身體已經先行動了。腦袋發出信號，叫我打倒對方活下去。

感覺不到丈夫和由宇的動靜。或許他們已經遇害了。蠢動的黑影似乎不熟悉屋中的格局，不停地撞到牆壁，像無頭蒼蠅般走來走去。我從呼吸聲確定對方是地球星人。

不是熊，而是地球星人的話，我有勝算。我一如此判斷，立刻從櫃子抓起祖父生前的書法獎盃高高揮起。不假思索，本能驅動著肉體。我將沉甸甸的獎盃朝著應該是面部的位置狠狠地砸下去。

打個正著。那觸感比起砸爛，更像劈開，濕黏的液體糊了滿手。

我覺得打中要害了，因此放空腦袋，飛快地再次舉起獎盃，對著同一個位置連續砸了兩、三下。

「嗚啊啊咕啊啊啊！」

我知道對方是地球星人，但是在聽到叫聲前，都沒想到會是母的。

我騎到虛軟蜷蹲的肉塊上，一心一意地揮擊獎盃，直到確定勝券在握，都沒有停手。

「住手！住手！」

我不知道要打到什麼程度，對方才會無力招架、我活下去的機會才會是百分之百，但既然對方還有力氣說話，我就有可能遭到反擊，因此我朝著應該是面部的部位重點式地毆打。我持續攻擊，直到對方的肉體徹底癱軟，為了慎重起見，我抓起暖桌的電線，用力勒住對方的脖子。

這樣我還是不放心，伸手把電熱水瓶的電線也拉掉，綁住對方的手，然後警覺地舉著獎盃，打開電燈。

地上形成一片出乎意料巨大的血泊，其中躺著一個嬌小的女人。在黑暗當中，對方感覺魁梧得像頭熊，然而在燈光底下一看，卻只是個孱弱的中年老婦人。

女人旁邊掉落著應該是一開始拿來打我的高爾夫球桿。我迅速將它抓進手裡，當成自己的武器，稍微安心了一些。

丈夫和由宇平安無事嗎？或許還有其他敵人，因此我盡量不發出聲音，走近棉被堆。

丈夫倒在棉被堆旁邊。我急忙跑過去搖醒他，他發出呻吟睜開眼睛。

「智臣，你沒事吧？」

我鬆了一口氣問，丈夫微微睜眼：

「奈月……？怎麼搞的，我喝了酒睡著了，結果腦袋突然被狠狠地敲了一記……」

「有地球星人侵入家中，想要殺掉我們。我抓到一隻，不過可能還有別隻。由宇呢？」

「不知道。」

我把堆積如山的被子翻開來，也沒看到由宇。

「是跑掉了嗎？如果是的話就好了……」

我去廚房拿了菜刀，以備不時之需。

這時，屋外傳來巨大的聲響。

我右手抓著菜刀，左手緊握著剛才得手的高爾夫球桿，跑出戶外。現在是應該被黑暗籠罩的「天黑的時間」，卻有一團光在那裡。

仔細一瞧，由宇和一個大男人正在車中扭打著。

「由宇！」

「由宇！」

我們兩人的叫聲引得男人回頭。

「就是妳殺死了孝樹……！」

男人臉色大變，轉身朝我撲來，由宇從背後踹了他一腳。

男人退縮，丈夫作勢欲打，我把左手的高爾夫球桿遞給他。

「謝謝。」

丈夫似乎還沒有完全清醒，以笨拙的動作接過球桿，用它毆打男人。

男人愈來愈虛弱，我靠過去用菜刀先刺了他的眼睛，等到他的動作完全變遲鈍以後，再朝脖子、心臟這些感覺會大量出血的部位重點式戳刺。

「他們三更半夜開車過來，想要殺了我們。」丈夫說。

男人一動不動，連呼吸和慘叫聲都沒了，但我不知道要刺到什麼時候才好，就像在做菜似地刺個不停，旁邊的丈夫也不停地揮舞高爾夫球桿。

「你們兩個，好了，人應該已經死了，再刺下去都要變絞肉了。」

聽到由宇冷靜的聲音，我們總算停止對敵人的攻擊。

「出了什麼事？」我問由宇。

「我正在睡覺，嘴巴突然被摀住，拖進車子裡。他們好像在找誰。」

「應該是來找我的。」

我說，丈夫和由宇都抬頭看我。

「孝樹是伊賀崎老師的名字。」

「老師？誰？」

「我以前殺的人。我小時候殺過人。這兩個人是老師的爸媽。」

看到那個中年婦人時，我就覺得似曾相識。他們是總是在車站前發傳單的老師的父母。他們是如何查到是我殺死老師的？我毫無頭緒，但這下就明白他們為什麼要對我窮追不捨了。因為他們的「家人」被我殺了。

殺人是不符合效益的行為。因為只要殺死一隻，即使過了幾十年，死者的「家人」仍會像這樣前來報復。丈夫和由宇都盯著我看。瞬間，男人的身體搖晃了一下。我反射性地用手中的菜刀再刺了他一刀。感覺不管刺上多少刀，男人都會再次復活，所以我沒完沒了地刺個不停。這次由宇和丈夫也沒有制止我，只是默默地看著噴灑的血花。

現在是「天黑」的什麼時候？早已失去時間感的我們拿捏不定，不清楚是快「天亮」了，或是「天黑」還要再持續一陣子。由宇說「我去村裡看看」，穿上衣服，坐上自己的車，發動引擎。我和丈夫用膠帶固定兩隻「地球星人」，先丟進土倉庫上鎖，也不知道他們是死是活。

「不行。橋那裡也發生了土石流。」

過了約一個小時，由宇回來了。

「村落應該還有幾個地球星人，但那座橋過來的這一邊，除了這裡以外，所有的房子都人去樓空了。只有我們被留了下來。」

「意思是，是這兩個地球星人幹的？」

由宇搖搖頭：

「不清楚。至少一開始的土石流不是。那裡從以前就經常崩塌。我想這兩個地球星人是等待山上沒什麼其他地球星人以後，才過來殺我們的。山頂道路發生土石流是碰巧，或者是這兩個地球星人為了把我們關在這裡而引發的，我無法確定。不過如果是後者，沒有炸藥是不可能成功的，但炸藥有那麼容易取得嗎？」

我們從地球星人的行李當中找到各種證物和資料。是我和姊姊在ＫＴＶ包廂裡的對話錄音、燒過的舊鐮刀、沾了血的襪子等等。我可以猜到，是姊姊把這些證物交給老師的父母的。姊姊知道一切。我丟進焚化爐裡的證物全部不翼而飛，也是姊姊拿走藏起來了。

我不懂為何姊姊現在才要拿出這些陳年舊物來向我「復仇」。我想大概是因為姊姊的「家庭」崩壞了，遷怒於另一個人，對她來說在精神上才是符合效益的做法吧。

「對不起。是我殺死這兩個地球星人的小孩的，他們的目標應該是我。」

我一下被拖回了「地球星人」的世界，宛如大夢初醒。聽到我道歉，丈夫板起臉孔：

「不，是這兩個地球星人有問題。為什麼他們的小孩被殺，他們就要來殺妳？如果逼妳留下人類的子孫，那還可以理解。因為『工廠』這個組織，目的就是要繁殖地球星人。可是，他們應該把妳當成地球星人的一份子，卻又刻意親手更進一步減少地球星人的數量，這實在太不合理了。」

由宇看著我問：

「妳為什麼殺了那個人？」

「……因為我覺得如果不那樣做，他會對我做出形同殺死我的行為。」

由宇輕笑：

「『無論如何都要活下去』，對吧？」

「那是什麼？」

丈夫滿臉不可思議地問，由宇說：「是我們小時候的密語。」

「很棒，這句話比什麼都要純粹，而且正確。」

丈夫深深點頭：

「好了，那麼，我們要如何在這裡活下去？道路被堵塞，只剩下我們被關在這裡。我們一直摸黑生活，村子裡的人很有可能以為這棟屋子是空屋。可是，我們『無論如何都要活下去』。」

我和由宇都用力點頭。

開始下雪了。一片片扭曲的白色物體紛紛飄落，宛如碎裂的冰，逐漸將我們的腳邊染成了白色。

我們將兩具地球星人的屍體排在玄關，坐在起居室。

「只能等了。」

由宇說，丈夫和我都點點頭。

「早知道就不要剪斷電話線了。」

「不，那個時候剪斷才是符合效益的做法。這裡有水，偷來的食物也還剩下一些。我想『工廠』的地球星人應該會過來找我們，而且也很快就會注意到土石流了。」

「之前還在煩惱要怎麼趕走追兵，現在卻期待追兵快點過來。」

丈夫嘆氣。

「我希望由宇和奈月可以活下去，但與其被帶回『工廠』，我情願困在這裡。因為如果被帶回那裡，跟死了沒有兩樣。」

「智臣，不要說那種話。地球星人有同類互助的習性，我們應該要利用這種習性，脫離這裡之後，再逃去別的地方。」由宇說。

我撫摸丈夫的背。

當「天亮的時間」與「天黑的時間」過去三次的時候，我們發現自己想得太天真了。偷來的食物幾乎見底了。被土石流堵住的道路前還有兩戶人家，但那裡的食物也幾乎全部吃完了。

「趁著新鮮，把地球星人的肉冷凍起來怎麼樣？」

由宇提議說。

「地球星人可以吃嗎？」

「地球星人也是動物啊。地球星人算是比較乾淨的生物，應該不用太擔心疾病問題。是不是先保存起來，當做緊急糧食比較好？如果腐爛了，連這個選項都沒有了。」

「說的也是。」

我點頭同意，但心中某部分也覺得一旦這樣做，我們就再也無法被「地球星人」視為同類了。

「我住在這裡的時候，殺過附近的人送的活雞。我沒有處理過大型家畜，不太清楚做法，不過應該還是要放血。反正現在無聊沒事做，乾脆處理一下吧。」

由宇淡淡地提議說，十足的波哈嗶賓波波比亞星人。

或許由宇很容易被周遭的環境所同化。之前「地球星人」偽裝得最好的，還有現在訓練得最徹底的，也都是由宇。

「由宇，我也來幫忙！我看這要費不少力氣。」

丈夫站起來說，由宇點點頭說「太好了」。

丈夫和由宇說「從小的來好了」，將丟在玄關的地球星人搬進屋裡。

我在房間裡蹲了下來。也許我的體內，還殘留著「人類」的成分。

下一個「天亮的時間」到來，他們兩隻合力分切大的地球星人時，我才鼓起勇氣打開廚房的門。

「我也來幫忙。」

由宇回頭看我：

「奈月，不用勉強，這需要力氣。」

「真的是重活。也許是我們做法不對。」

「嗯，可是我還是想幫忙。」我對丈夫和由宇說，遞出在閣樓找到的刀子。

「比起菜刀，我覺得用這個應該比較好。」

「謝謝。老實說，第一隻搞砸了，最後只把肉削下來，變成了一坨絞肉。」

由宇微笑說。

「我可以試試看嗎？」

「請。我們參考了肢解豬的方法，可是身體構造完全不一樣，不知道這樣做對不對。」

「要先從哪裡開始？」

「把頭砍下來，盡量把血放乾淨。」

我把刀子抵在男人脖子上。

「應該很硬。我們那時候是用鋸子。」

丈夫說，所以我換了工具，使勁鋸下頭顱。

骨頭的部分相當堅硬，我在丈夫和由宇協助下，好不容易才割斷脖子，頭顱「咚」的一聲掉到地上。

「好。把身體抬起來，盡量把血放乾淨。」

我們合力抬起地球星人，對著流理台頭下腳上地高高提起。

也許因為是第二隻了，由宇以熟練的動作扳開切口，血流出水槽。

「好像很好吃。」

我看到斷面，忍不住喃喃道。看到鮮紅色的肉，肚子都快咕咕叫起來了。

「是啊。食物已經吃完了，今天晚上就吃這個吧。」

「嗯。」

切開來以後，地球星人就只是一大塊的肉。我照著由宇的指示剖開身體，掏出內臟，清洗肉的部分。味道比想像中的更要腥臭，我皺起眉頭。

盡量把肉清洗乾淨以後，卸掉大塊骨頭，把肉分切成一塊塊。

丈夫和由宇也拿出烹飪工具，等肉一準備好，立刻就可以開始烹調。

「有調味料，用味噌煮來吃好了。肉還滿腥的，調味重一點比較好呢。」

「還剩下一點白蘿蔔葉，一起炒應該滿不錯的。」

「是啊。冷凍庫裡面放女人就滿了，放不進去的地方先吃掉才是符合效益的做法。來試試各種料理方式吧。」

「今晚吃大餐！」

丈夫開心地歡呼。

最後我們完成了三種男人肉料理：加入男人肉的味噌湯、男人肉炒白蘿蔔葉、甘辛醬油燉男人肉。

「餐桌上好久沒出現這麼多道菜了。」

丈夫很高興，由宇也很開心。我也飢腸轆轆，迫不及待想品嚐男人肉。自從「嘴巴」壞掉了以後，我第一次感受到如此強烈的食慾。

「開動！」

我喝了一口男人肉味噌湯，大吃一驚：

「有味道！」

「怎麼了？這是食物，當然有味道啊。」

由宇滑稽地笑道，但我時隔多年，舌頭再次感受到滋味，激動得差點要站起來。以為一輩子再也好不了的「嘴巴」，終於又變回我自己的了。肉汁滿溢，擴散在整個口中。甘甜與腥味融為一體，滲入全身每一個細胞。

我渾然忘我，不停地吃著地球星人的肉，覺得好像相隔二十三年，第一次吃到了食物。地球星人美味極了。這或許是饑者易為食，也有可能是因為我太喜歡和我在一起的另外兩隻，所以才格外覺得美味。

「如果酒還有剩就好了。」

丈夫說，我們附和著「對啊」、「就是啊」，用山泉水乾杯，大快朵頤男人肉。

這是個難得飽足的夜晚。「天黑的時間」彷彿綿綿無絕期。戶外，山中生物的氣息舒適地圍繞著我們。

我們吃得飽飽的，將棉被搬到暖桌旁，各自包裹著身體打盹。由宇說今天是特別的日子，從佛壇拿來蠟燭。我們時隔許久，在「天黑的時間」圍繞著火光，就宛如某種儀式。黑暗中朦朧地浮現出裹著白色被子的我們三隻，看起來就像某種生物的繭。我昏昏欲睡的腦袋想著：「蠶房」就是這種感覺嗎？

叔叔說，蠶在二樓的小房間剛開始飼養時，頂多只有兩張榻榻米大的面積而已。但蠶吃桑葉愈長愈大，最後就會變成一開始的百倍大，最後填滿這整個家。地球星人會拆掉榻榻米，把地板讓給蠶，和室、起居間也都變成蠶的住處，人類自己則睡在角落。據說這個時候，整個家中都會充斥著蠶啃食桑葉的沙沙聲。

睡在並排的無數潔白蠶繭中，地球星人做著什麼樣的夢呢？我在半睡半醒間，想像整個房間都是蠕動的白色蟲子的情景。

「我有個請求。」

我和丈夫躺在被子裡，呼吸聲與嘆息聲的境界開始變得模糊的時候，由宇忽然立下決心地說。

「什麼請求？」

「如果地球星人一直沒有來，我想要你們把我吃掉。」

我和丈夫驚訝得跳起來，頓時睡意全消，丈夫手邊盛著炒地球星人肉的盤子還被整盤打翻了。

「總比三隻全部死掉要來得好。而且現在也知道要怎麼烹調了。比起全軍覆沒，吃掉我，你們兩隻活下去，更要符合效益多了。」

「可是這樣的話，吃我還是智臣也可以吧？」

「對，可是我想要依照我自己的意志，來使用我的身體。我一直不擅長『自由』，但現在我第一次心想，如果我擁有自由，我想要這麼做。」

丈夫拚命地探出上半身，抓住由宇身上的被子說：

「由宇，一定還有更符合效益的做法的。對了，我們每個人切斷一隻手或腳，大家一起分著吃怎麼樣？這樣的話，三隻都可以活下來了。」

但由宇搖頭否決丈夫的提議：

「如果對這個『容器』做這種事，我們大概很快就會死了。如果有人會動手術或許還有辦法，但我們沒有那種技術，也沒有工具。一隻一隻吃才不會出錯。」

我想了一下，也說：

「那，吃完由宇之後，智臣吃掉我吧。我覺得我們三隻裡面，智臣活下來最好。智臣體格最壯，也有體力，如果斷糧了，應該可以撐最久。」

「為什麼你們兩隻都說這種話！」

丈夫抗拒地搖頭大叫。

「我們不是發誓了嗎？無論健康或生病、快樂或悲傷、富有或貧窮，都不特別愛對方、尊敬對方、安慰對方、幫助對方，只為自己活到生命的最後一刻，我們不是這樣發誓了嗎？」

由宇和我對望。由宇似乎也理解到，丈夫是不可能退讓一分一毫的。

由宇將丈夫手邊打翻的炒地球星人肉輕輕地撈回盤子上，說：

「說的也是，我們確實發過誓了。那，這麼做如何？我們現在就來互嚐彼此的味道，然後從比較好吃的一隻開始吃起。因為如果不好吃的話，或許會沒辦法全部吃完。不過說是嚐味道，也不用把手指切下來之類的，只是咬咬看而已。」

「嗯！這樣做很公平，非常合理。」

我點點頭說，丈夫似乎也可以接受：

「好，這樣做不錯。如果我的肉好吃，你們要好好吃完喔。」

我和丈夫先咬了由宇。我咬了由宇的肩膀，丈夫咬他的手臂，用舌頭嚐味道。由宇有點鹹鹹的。

丈夫似乎也有一樣的感覺，一下又一下啃著由宇的手臂說：

「由宇鹹鹹的，感覺不用調味也可以吃。我保證，一定會珍惜你這份糧食的。」

「接下來換我。」我說。

丈夫小心翼翼地咬了我，說「好苦」。

「一樣是波哈嗶賓波波比亞星人，味道也不盡相同呢。」

由宇咬了自己的手臂，然後一臉奇妙地舔了我的膝蓋。

「有點金屬的感覺，或許是血的味道滲出來了。」

由宇的嘴唇離開我的膝蓋，這次咬了丈夫的食指。

「我是什麼味道？」

「感覺有點甜甜的。」

「真的嗎？」

我們全神貫注地彼此互咬，品評對方的滋味。

「肚子餓起來了，明明才剛吃過地球星人說。」

丈夫嘆氣說。

「吃不出誰最好吃耶。」

「這樣下去，感覺我們會互吃起來。」

我們啃著彼此的小腿、背部、腳跟和下巴。

我饑餓無比，覺得由宇和丈夫都很美味。

只嚐表面愈來愈無法滿足，我們將牙齒和舌頭伸向彼此的內臟。

丈夫被嚙咬著眼皮，喃喃道：

「來到這裡以後，有時候我會想，會不會其實根本就沒有地球星人？會不會其實我們每一個都是波哈嗶賓波波比亞星人？我們從一開始就是波哈嗶賓波波比亞星人，只有我們三個被解除了自己是地球星人的洗腦。地球星人其實是波哈嗶賓波波比亞星人為了在這顆異星球活下去而建構出來的幻想。」
由宇啃著丈夫的手肘，小聲同意：
「或許吧。所以才沒有人來救我們也說不定。或許是每個地球星人都從夢中醒來了，以『外星人的眼睛』一看，發現救我們是不符合效益的行為。」
我專心一意地吃著兩人，沒有加入對話。如果配白飯一起吃，不知道會有多美味。我以終於尋回的舌頭，鉅細靡遺地品嚐著甜味、澀味以及鹹味。
「啊，耳朵。」
我突然驚呼。
「怎麼了？耳朵很好吃嗎？」
我沒有回話，一口咬上眼前的大腿。
一直故障的右耳深處爆出一陣風破裂般的聲音，接著雜音徹底消失，世界的聲音突然灌入其中。被解放的耳朵第一個聽到的是我們進食的聲音。那聲音振動著鼓膜，不斷地湧入我的體內。
「無論如何都要活下去。」

我悄聲喃喃。這聲音也掉入了右耳，緩慢地振動著鼓膜。

就在這一天，我的身體全部屬於我了。

窗外開始下雪了。反射著屋內的燭光，發出白光的粉狀物從外太空飄落下來。

我聯想到蛾的鱗粉，想像無數的蛾從屋中展翅，撒下鱗粉翩翩飛舞的景象。

自漆黑的夜空落下的雪，將地面染成了一面雪白。雪將戶外生物的氣息覆蓋殆盡，燭光搖曳的屋內，只有我們進食的時間無休無止地持續著。

過了一段時日以後的「天亮的時間」。

我覺得好像聞到地球星人的氣味，從似睡非睡中微微睜眼。

頭枕在用地球星人的頭髮織成的溫暖枕頭上，我茫茫然地望向榻榻米，上面掉著指骨。因為還有點肉味，我把指骨放進口中吸吮著，睡著的時候從嘴裡掉出來了。

我撿起沾滿唾液的骨頭，再次放入口中。骨頭微帶肉的甘甜，我細細地舔吮品嚐。

由於積雪嚴寒，門窗應該都緊閉著，卻有風鑽了進來，吹動了我的瀏海。地球星人特有的、就像泡過牛奶的豬肉般混合了甜膩與腥臊的氣味吹了進來。

「波哈嗶賓波波比亞？」

我慢慢地爬起來，轉向異味飄來的方向。紙門外，是反射積雪的白光。

我抱起原本躺在腳踝邊的比特。比特長得和以前不一樣了，是用地球星人的頭髮編織出來的。黑髮灰髮以及白髮摻混的比特撒嬌地依偎著我。

我抱緊懷裡的比特，腳底感覺到地板擠壓的振動。

我屈身朝貼在地面的小腿肚伸手，用力抓住搖晃，喃喃道：

「智臣。」

皮包骨的丈夫對我的搖晃起了反應。他反射性地捧住鼓起的渾圓腹部，就像要保護它一樣，然後呆呆地睜開眼睛。

丈夫似乎吃著「天黑的時間」做的手臂湯睡著了。為了避免寶貴的糧食潑灑出來，我將湯碗輕輕地放到電視櫃上，呼叫躺在丈夫另一邊的另一隻。

「由宇。」

由宇的肚子比丈夫的還要鼓脹，薄薄的皮膚撐得老緊，一清二楚地透出皮膚底下的骨頭和隆起的腹部形狀。

「波哈嗶賓波波比亞。」

被我叫醒的由宇揉著眼皮，用我們的語言喃喃道。

這時，地板的擠壓聲突然變大，隨著腳步聲和振動，地球星人的氣味一口氣變濃了。

由宇和丈夫都爬了起來，我們依靠在一起。丈夫和由宇用手護著隆起的腹部似地蹲著，我則是將比特緊緊地握在胸口。

「啊————————！」

還以為出了什麼事，原來是地球人的尖叫聲。

出現在紙門另一頭的是姊姊。姊姊看到我們，再次尖叫起來：

「啊——————————————！」

姊姊身後還有母親。她們兩隻淒厲的尖叫聲在屋中迴響著。

就像被大叫聲驚動似地，其他地球人的腳步聲聚集而來。

母親身後出現幾隻穿橘色衣服的地球星人。從那身服裝，我猜出應該是從事救援工作的地球星人。

「是地球星人。」我喃喃道。

救援隊的地球星人看見依偎在一起的我們，「嗚」一聲掩住了嘴巴。

「你們……是人嗎……？」

公的地球星人擠出這句話，注視著我們。

我們三隻面面相覷。

「波哈嗶賓波波比亞？」

「波哈嗶賓波波比亞。」

由宇的右手輕輕地撫摸著隆起的腹部，就像在守護它，用地球星人的語言流暢地對男人說：

「我們是波哈嗶賓波波比亞星人，你不也是嗎？」

男人的鼻子和嘴巴流出某種液體，是驚嚇過度噴出口水，還是站著嘔出胃液了？

「那肚子是怎麼回事……？」

旁邊的別的公地球星人聲音沙啞地問。

「我們三隻都懷孕了。」

丈夫說，雙手捧起圓滾的肚腹展示。

地球星人好像在發抖。他們一臉蒼白地後退。

「放心。就算你們現在不是這樣，你們的體內也有這樣的你們在沉睡著。一定很快就會傳染給你們了。」

由宇對地球星人微笑，就像要讓他們安心。

「我們的數量明天會變得更多，後天還會變得更多更多。」

由宇仔細地說明，但地球人似乎充耳不聞。裡面的一隻激烈地嘔吐著。

「我們出去吧。我們的未來在外面等著我們。」

由宇說，我和丈夫點點頭。

我們三隻波哈嗶賓波波比亞星人輕輕地手牽手、腳圈腳，站了起來。「天亮的時間」的光線隨著雪地的反光，從外面的世界柔和地射進了我們的太空船。

我們握著彼此的手，肩膀偎在一起，慢慢地踏出地球星人居住的星球。彷彿與燦光籠罩的我們相呼應似的，地球星人的啼叫聲響徹這個星球的遠方，撼動著森林向外擴散。

國家圖書館出版品預行編目資料

地球星人 / 村田沙耶香作 -- 初版 . -- 臺北市：三采文化，2020.02 -- 面；公分 . --（iREAD：122）

ISBN 978-957-658-276-9（平裝）
861.57　　108020050

suncolor 三采文化集團

iREAD 122

地球星人

作者｜村田沙耶香　封面插畫｜岡村優太　譯者｜王華懋
日文編輯｜李媁婷　美術主編｜藍秀婷　封面設計｜李蕙雲　校對｜聞若婷
版權經理｜劉契妙　行銷經理｜張育珊　行銷企劃｜陳穎姿　內頁排版｜陳佩君

發行人｜張輝明　總編輯｜曾雅青　發行所｜三采文化股份有限公司
地址｜台北市內湖區瑞光路 513 巷 33 號 8 樓
傳訊｜TEL:8797-1234　FAX:8797-1688　網址｜www.suncolor.com.tw
郵政劃撥｜帳號：14319060　戶名：三采文化股份有限公司
本版發行｜2020 年 2 月 27 日　定價｜NT$360

CHIKYU SEIJIN by Sayaka Murata

Original Japanese edition published in 2018 by SHINCHOSHA Publishing Co.,Ltd.
Chinese translation rights in complex characters arranged with
SHINCHOSHA Publishing Co., Ltd.
through Japan UNI Agency, Inc., Tokyo